消毒機械人

交通工具也是傳播病毒的高危地方，客流量極高的港鐵現備有20部消毒機械人，會於曾接載確診患者、曾有人嘔吐等車廂作深層清潔。機械人會按預設路線，沿途噴灑霧化雙氧水去除車廂內病毒。機械人消毒一輛8卡車廂，需時約4小時。

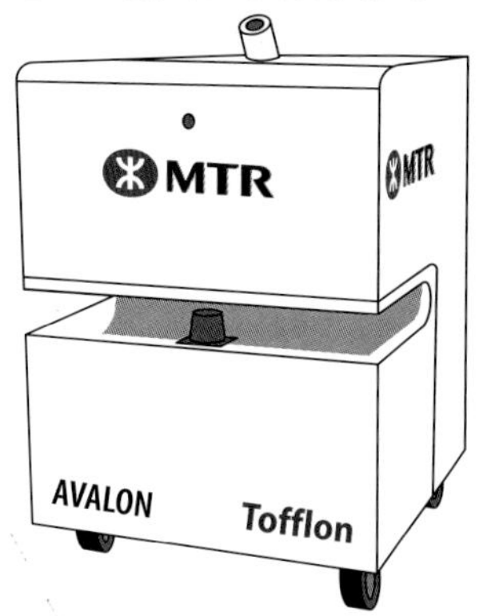

送餐機械人

為避免侍應與食客面對面接觸，荷蘭有餐廳以機械人代替侍應下單及傳餐。其實香港數年前也曾有茶餐廳引入機械人，以解決人手短缺問題。在一些住有隔離患者的酒店，也設有機械人送餐服務呢。

巡邏機械人

測量體溫已成疫情期間出入公共地方必須動作，廣州有科技公司研發出警用巡邏機械人，透過5G作遙距操控，機械人設有熱能探測器，能在半徑5米範圍內同時為10人測溫，內置鏡頭更可鑑別路人是否有佩戴口罩。

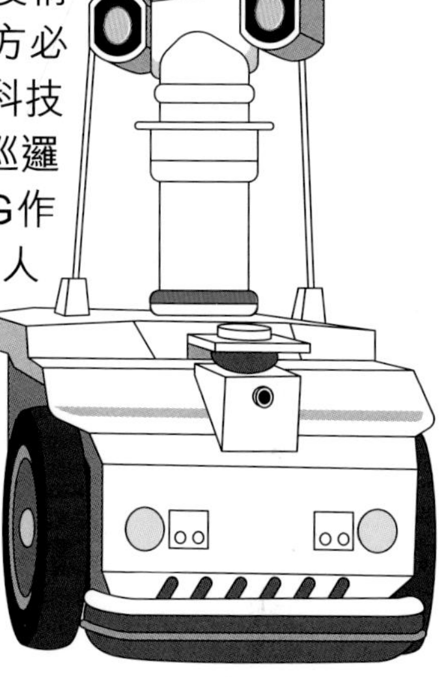

醫院機械人

醫護人員
眾多患者，
量超出負荷
感染風險
國、台灣、內地和香港等醫院都引入機械人分擔醫護人員職務，包括導診、消毒、送餐、派發物資及藥物、宣傳防疫知識等。

→內地及香港醫院也使用的「歡樂送」機械人，負責將膳食及物資送到隔離病房，工作完畢後有專人為它清潔。

送貨機械人

美國大型網購公司在2020年初推出送貨機械人Scout，雖然還在試驗階段，但仍備受注目。Scout為小型六輪車，設有自動導航系統和感應器，可在道路上安全移動，而且有專人監控，確保貨物無誤地送到客人手上。

機械人可完全取代人類嗎？

在這個科技先進的年代，加上疫情衍生的社交距離，以機械人協助人類工作是大勢所趨。機械人的確能提升生產力，但始終只能完成簡單、重複及高危工作，需要思考及溝通、處理精細及突發事項等仍需依靠人力，加上人類講求溝通和互動，這是冷冰冰的機械人暫時仍未能取代的。

免觸式革命

疫情下大眾的衛生意識提高，我們會用紙巾、膠手套等代替雙手直接觸摸公用物件，其實各國專家已積極開發多項免觸式設施，讓我們可安心使用。

免觸式升降機

升降機按鈕是主要的病毒傳播媒介，日本升降機公司開發出免觸式按鈕，只需將指尖隔空指向樓層號碼，電子面板便能感應，並到達相應樓層。部分升降機更設紫外線燈定時消毒。

泰國商場亦有類似的升降機，不過按鈕改以腳踏形式操作，安全與創意兼備。

腳開式便利店飲品櫃

除了泰國升降機，日本也有用腳操作的設施，某便利店特意在飲品櫃下方設置L型鋁板，讓顧客可安心地以腳代手開門。

全息投影屏幕

全息投影是虛擬的3D圖像技術，類似在科幻電影中主角用手一揮，便能操控眼前的虛擬屏幕。隨着科技進步，全息投影技術已可逐漸融入到生活中，例如日本有大型製品公司已開發空氣觸控屏幕，可操控懸浮在空中的屏幕，代替實體接觸，可應用於餐廳、圖書館、車票售賣機、銀行自動櫃員機等。

汽車免觸式熒幕

英國著名車廠與劍橋大學合作開發「免接觸式觸控熒幕」技術，以內置AI及感應器，透過駕駛者手勢，預測欲使用的按鈕，能大大減少直接接觸熒幕的機會。此技術適用於衛星導航、空調及娛樂設定。

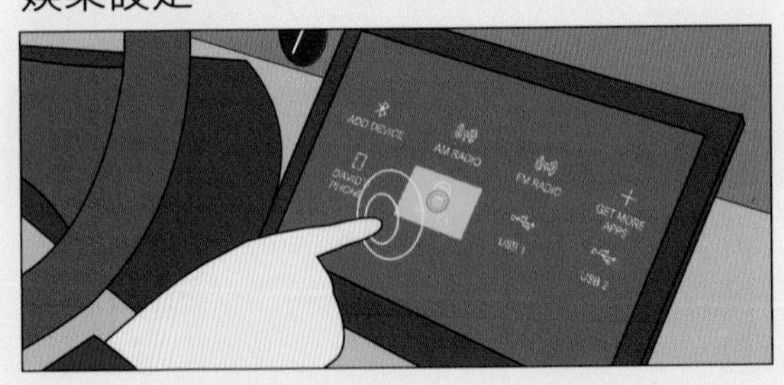

神社感應式搖鈴

日本京都有神社設置感應式搖鈴，代替搖動麻繩響鈴祈福，以保持衛生。只需將手放在感應器上方便會發出鈴聲，效果與真實鈴聲一模一樣的呢！

超市全自助付款

美國大型零售公司將全面推行自助式付款系統，模式跟香港超市類似，同樣自行掃描貨品條碼，再以電子貨幣付款，不同在於系統更先進，全程無須觸碰屏幕，更不會再設人手收銀櫃台，可避免顧客與員工接觸。

網上交易成趨勢

疫情下，居家是最有效的避疫方法，長時間足不出戶，要解決三餐和購買日用品便漸趨依賴網購平台，形成一種無接觸經濟。

網上購物經營模式

網上購物指顧客在網上下單及付款，再由物流發貨的購物體驗。經營模式按買賣雙方關係、營運等分為數種形式，當中以B2C及O2O最普遍。

B2C（Business to Customer）指品牌透過互聯網為消費者提供購物平台，是最常見的電子零售模式。 例：Amazon

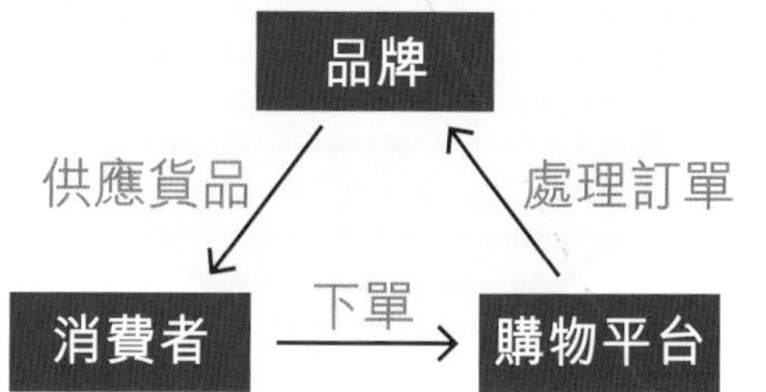

O2O（Online to Offline）是近年新興網上消費模式，指通過網上把線下商店提供的產品介紹、訊息、優惠等，推送給互聯網用戶，交易後顧客到實體店取得貨品或服務。 例：HKTVmall

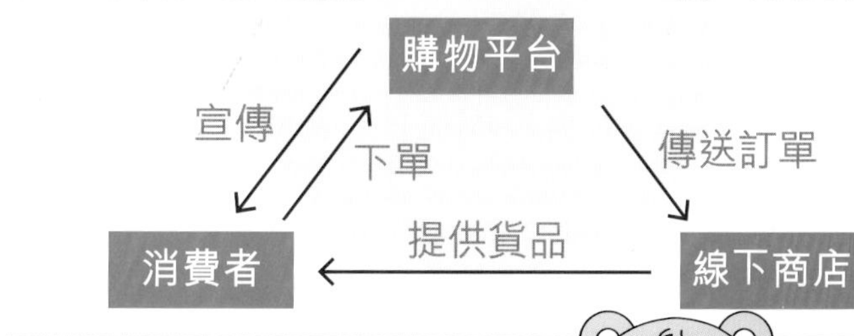

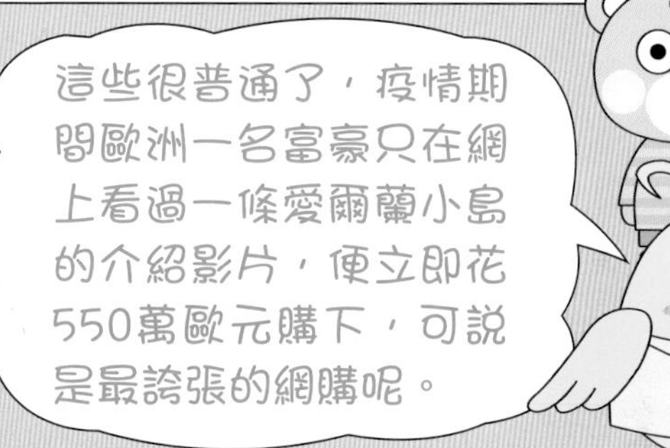

網上訂餐一枝獨秀

疫情加上堂食限制令大家減少外出用餐，網上外賣平台成為逆市增長行業。

網上**外賣平台**是**怎樣營運**？

他們多數自設外送團隊，顧客在平台下單及付款後，外送員便會到食店取外賣及送貨。

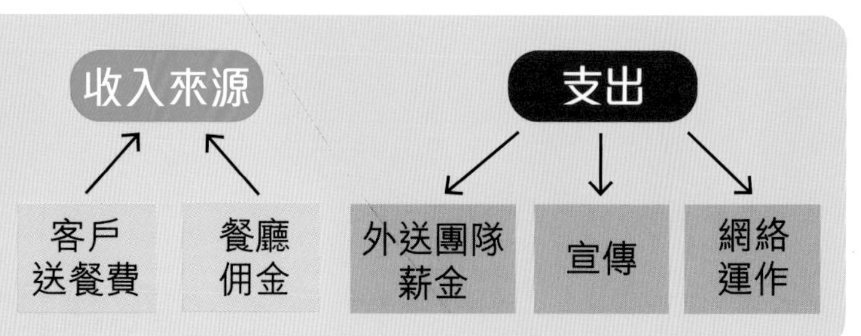

網購是好是壞？

電子化交易興起

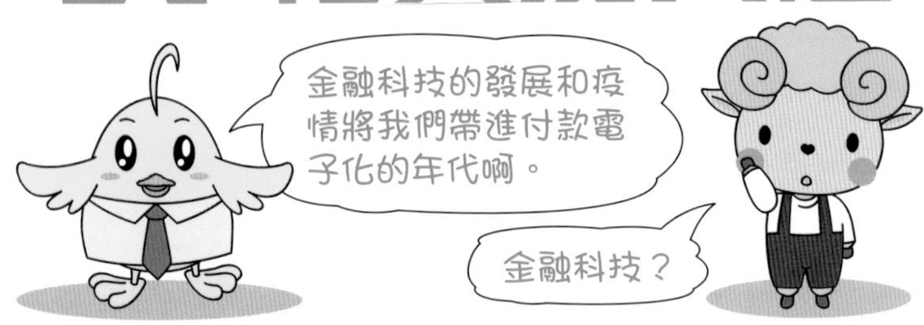

金融科技（英語簡稱FinTech）指企業以科技推行創新金融服務的經濟產業，服務涵蓋種類多，包括虛擬銀行、網絡信貸等，我們較易接觸的電子錢包也是其中一種。

時勢促成電子化交易

推行電子錢包

隨着智能手機的普及與科技不斷進步，連付款方式也漸趨電子化，各大銀行及機構紛紛推出電子錢包。

電子錢包是一種即時過數的支付工具，透過手機應用程式付費，以取代實體貨幣。使用者以信用卡、銀行賬戶等為電子錢包增值後，便可在商戶掃描二維碼或拍讀卡機付款。

3類電子錢包

基本：功能包括增值、提款及轉賬（個人→個人）。

綜合：兼作支付及轉賬。

支付：只用於網上或商店購物，沒有轉賬功能。

疫情的推進

之前提及疫情帶動網上購物，也養成在網上處理生活雜費的習慣，交易便須以信用卡或電子錢包支付。再者實體貨幣也是病毒傳播途徑之一，大眾都傾向以電子支付代替直接接觸貨幣，減低受感染機會。

病毒存活時間

紙幣：4天

硬幣：4小時

看來電子化付款真的很方便啊，它是否百利而無一害呢？

也未必，它的安全性仍然成疑，而且也容易養成壞習慣啊。

保安疑慮

雖然大部分機構已引入雙重認證等高端保安技術，但仍未就此程序制訂標準及指引，加上二維碼若被偽冒，客戶資料有機會被盜。

花費更多

外國有研究指，人們以現金付款會有種心理痛楚，信用卡和電子錢包等這類非現金的支付方式能令人產生「無痛消費」的心態，加上操作簡便，容易讓人過度消費。

新科研技術降臨

加速5G發展

疫情肆虐令我們減少外出，遠距學習、在家工作、線上娛樂已成為生活常態，網絡使用需求大增，速度及流暢度的要求愈高，加速了5G網絡的發展腳步。

5G ＝ 第5代流動通訊技術，是現時4G系統的延伸版。

特點

①極高下載速度

5G擁有最高10Gbps傳輸速度，與4G現時100Mbps速度比較，足足快100倍，下載一條一小時的影片只需數秒。

②超低延遲

5G通訊的延遲性可低至1ms（千分之一秒），使用時可體驗聲畫同步效果。

③多裝置同時連接

以現時4G技術，若多人處於同一空間使用網絡的時候（例如書展時），速度會減慢，但5G可同時連接的智能裝置比4G多100倍以上，可大大減少網絡擠塞情況。

應用

遠程教學 / 會議

5G的低延遲性特點，令即使多人參與的教學或會議也能同步順暢進行。

遠程醫療

在講求社交距離的時代，遠程醫療已成為新的求診途徑。在5G低延遲技術配合下，醫生與病人可無縫進行視像問診，現時香港已有手機應用程式提供遠距醫療咨詢服務。

無人駕駛汽車

5G技術可將即時道路情況傳送至汽車電腦，從而在最短時間作出安全判斷。

VR展覽會

疫情令很多展覽改以線上形式舉行，5G網絡的流暢性和即時性配合VR（虛擬實景）技術，讓展品以3D影像活現眼前，恍如親歷其境。

3D打印走向主流

新冠病毒令多個國家實行封關及出口限制措施，導致全球貨品供應鏈中斷。要解決物資短缺恐慌，愈趨成熟的3D打印技術勢成生產主流。

了解3D打印

又名「增材製造」，屬工業機械人一種，由電腦操作打印機，通過逐層打印方式，由下而上打造出立體零件。

3D打印最早出現於90年代，2010年生產第一輛3D打印汽車，之後陸續有房屋、飛機甚至火箭等出現呢。

操作原理

跟一般打印機操作原理大致相同，只是一般打印機使用油墨及紙張打印平面圖，3D打印則使用金屬、塑料、尼龍、石膏等材料，將電腦接駁打印機後，透過電子束、熔融沉積成型等技術，使不同物料層層疊加起來，令電腦上的圖像實體化。

3D打印優點

製作速度快

因採用快速成型技術，以沉積法製作部件，省卻傳統的切割、夾模等加工工序，可加快製作速度。

可打印任何形狀物件

3D打印可將電腦上的設計圖像實體化，基本上任何形狀物件都可打印出來。

應對緊急情況

若出現危急情況令傳統產業供應鏈中斷，急需使用的零件可透過電腦在線共享設計圖，讓3D打印廠可即時製造，即使少量生產也可以。

↑口罩

應用範疇

食物

醫療設備

機械人

工業零件

服裝珠寶

荷蘭3D打印機製造商早於2016年，便於倫敦開設首家3D打印食物主題餐廳，不僅店內所有傢具和裝飾以3D打印，菜式也由打印機噴出的糊狀食物層層堆疊而成，先進技術和精緻賣相不僅成為話題，更有方便長者進食的實際用途。

各行業數碼化

除了之前提及的網上購物及外賣平台外，全球多個傳統行業也因為疫情而改以線上形式經營。

網上教育平台

疫情期間停課但不停學，學生須改以線上形式學習，促使不少網上教育平台誕生，不僅設視像補習、故事閱讀，有些更會每日更新家課內容，發佈校園最新資訊等，部分更提供訂購校服服務，就算不上學也可與校園接軌。

虛擬銀行

疫情下不少銀行服務時間有所更改，甚至要關門，顧客多轉至網上理財，加速虛擬銀行的發展步伐。

虛擬銀行指透過互聯網、手機應用程式等平台，提供存款、借貸等服務的非實體銀行，可不受時限使用銀行服務。現時有8家發牌虛擬銀行，全受金融管理局監管。

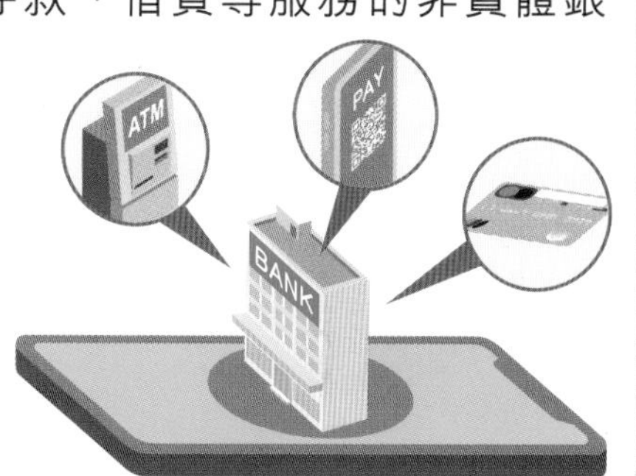

法庭網上化

美國最高法院也因應疫情，將案件審理過程改以電話會議方式進行，而印度最高法院也頒令，允許司法部門以WhatsApp、Telegram等通訊軟件發送傳票。

脫離經濟全球化

經濟全球化是指經濟活動超越國界的世界現象，企業在生產、貿易、投資等方面漸趨跨國化，各國的商貿往來、生產線外移等，令資金和技術在全球流動。

疫情前

A國（企業） → 資金 → B國（生產）

B國（生產） → 貨品 → A國（企業）

疫情期間多個國家封關，令跨國營運系統陷入停頓，造成經濟衝擊。各國汲取經驗後，將投資及生產線從海外撤離，回流本土，漸次脫離經濟全球化，也有部分國家不再依賴單一國家，將投資分散到不同地方，提高保障。

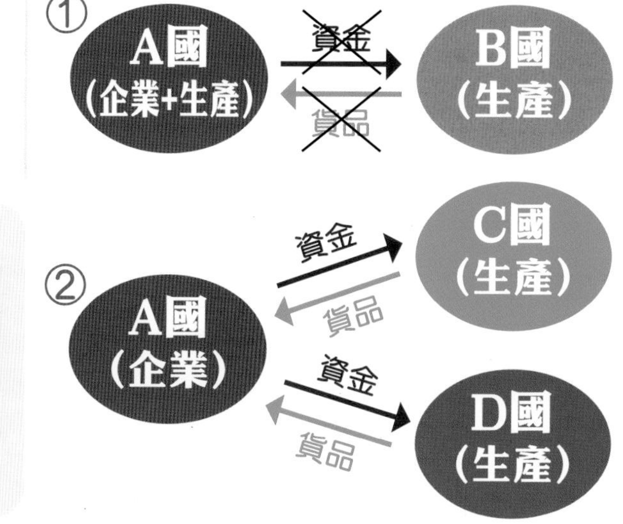

改變打招呼方式

由於身體接觸有傳播病毒的風險，所以一些國家以往較親密的打招呼方式例如握手、擁抱，也要隨這次疫情作出轉變。

各地說「你好」的方法

中國

現代中國人愛握手寒喧，疫情期間反而用回有數千年傳統的拱手作揖之禮，年輕一輩則以碰腳打招呼。

美國

美國人平常以握手、碰拳頭、親吻臉頰等方式互相問候，現在改以互碰手肘打招呼。

法國

親吻臉頰是法國人最常見的見面方式，後疫情期間要以說話「bise」（親吻）代替行動，或微笑，或隔着口罩派飛吻。

阿聯酋

阿聯酋男性愛以碰鼻作問候，自從疫情期間當地衛生部門禁止肢體接觸式打招呼，就改用單手放胸前行禮。

旅遊新模式

疫情中斷了對外交通，旅遊業仍未知何時復甦，業界預計，疫情過後旅遊業或會出現一些新模式、新景象。

改變目的地

飛機始終是密閉空間，加上乘客眾多，受感染的機會也較大，所以遊客會選擇相對安全的本土或者短途旅行，有些則會傾向選擇大自然路線，人較少，也可呼吸新鮮空氣。

避免人潮密集場所

在疫情下人與人之間要保持適當距離，旅遊復甦後，人們都會避免去人流密集的景點，如節日慶典、遊樂場、體驗館等等。

趨向自駕遊

乘搭當地公共交通雖然省錢，也能體驗當地人生活，但繁忙時段難避人潮擠擁之險，遊客或會選擇安全度較高的自駕遊，行程編排也較彈性。

乘飛機零接觸化

疫情大流行也加速航空業數碼化，以減少從業員與搭客面對面接觸，將來領取機票、過海關會以「AI人臉識別」系統確認身份，登機後也不設帶領座位服務，甚至或會取消送餐及機上娛樂設施。

機上娛樂→

虛擬旅遊成趨勢

未能出國但又想去旅行，有甚麼辦法？有旅行社已推出虛擬旅遊，配合VR技術，以不同主題讓參加者可親歷其境般重拾旅遊樂趣。

機場加強消毒

部分機場已實施嚴格衛生措施，包括為寄艙行李噴灑消毒噴霧，手提行李則通過X光機的紫外線消毒。內地有機場更設消毒機，為使用率高的行李手推車進行紫外線消毒。

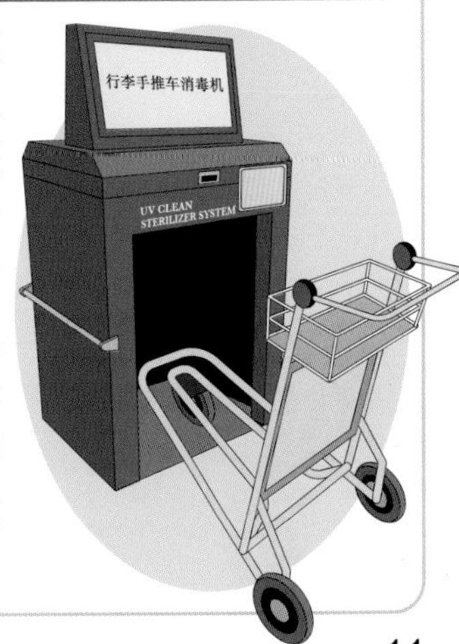

疫情放緩後的旅遊措施

旅遊氣泡

疫情嚴峻時，多國實施封關措施，待疫情稍為放緩，很多國家為挽救經濟及旅遊業，都萌生「旅遊氣泡」（Travel Bubble）的概念。

旅遊氣泡

是指兩個或以上緊密往來且疫情受控的國家，透過互認病毒檢測結果，容許彼此居民有限制地互訪指定地區，而無須檢疫隔離，就像建立被泡泡安全包圍的旅行區。部分國家已落實推行此政策，包括丹麥與挪威、澳洲與紐西蘭等。

免疫護照

有國家已着手籌備甚至推行「免疫護照」（Immunity Passport），曾確診患新冠肺炎者，只要確認擁有病毒抗體，便可獲發免疫證明文件，持證者可自由出國或復工。

免疫護照可行嗎？

- 研究顯示，對新冠肺炎康復者是否有足夠抗體免受第二次感染仍然存疑，而免疫力能維持多久也是未知數。
- 以護照區分是否肺炎患者，不僅帶來疾病歧視，僱主依據是否持有免疫護照而聘請員工，也形成職業歧視，所以此護照也帶來各界反對聲音。

出生率下降

新冠疫情帶來多種不穩定因素，將會直接影響未來數十年全球出生率下降。

健康

專家認為新冠肺炎未來將會演變成流行病，影響可達數十年，民眾對健康難免憂慮，影響生育意欲。

失業

疫情導致各大小企業面臨裁員潮甚至倒閉，全球失業率上升，收入不穩定也難以養育小孩。

出生率下降影響

- 全球人口老化加劇
- 消費能力下降
- 納稅人減少
- 勞動人口減少

疫情下的焦慮

疫情持續，面對個人健康、學業進度、工作前景等不明狀況，難免感到焦慮，嚴重者更有機會患上情緒病，甚至有頭痛、腸胃不適、呼吸困難等明顯病徵。無論生理或心理上有何不適，切記要尋求醫生協助啊。

生活重新整理

遙距教學、遠程辦公令大家在家時間增多，平時的作息及娛樂也有一定轉變，多出來的時間會做甚麼？

鑽研烹飪

外出用餐風險較高，加上時間變多，在家開伙的機會也會增加，大家較有意欲鑽研烹飪，跟家人同煮更能享受親子樂趣。

跟家人及寵物互動

賦閒在家，自然與家人聊天互動機會也增多，寵物的陪伴也能為壓力下的生活帶來慰藉。

家居運動

困在家中不要只顧坐着躺着吃吃喝喝，這不僅對身形，對健康也有不良影響。雖然戶外活動受限制，在家其實也可以做運動，除了跳繩、原地跑，不妨就地取材，用水樽當啞鈴，也能鍛煉身體。

線上學習

在家與其打遊戲機、看電視，倒不如過得充實一點，網上有很多課程可以遙距學習，天文、地理、音樂、藝術、星象等任君選擇。

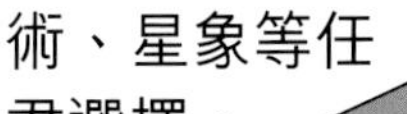

整理家居

疫情令大眾愈趨注重清潔衛生，在家時間增多，家居清潔更不容忽視，鍵盤、把手、水龍頭等最常接觸的地方要常常消毒清洗。整理一下凌亂的角落，令環境舒適一點，也可提升學習專注度和工作效率。

簡樸的「斷捨離」生活

斷捨離一詞源自日本，意謂「斷絕不需要的東西，捨棄多餘的物件，脫離對物品的執着」，這個概念特別適用於家居整理。

一年沒穿的衣服，沒有再看的書籍，塵封了沒有再碰的物品，都可列入斷捨離的清單中。每次整理一個角落，一個抽屜，也可看見成效。自己生活自己整理，培養自律性，也能反思物質的重要性。

雖然全世界都在努力適應疫情帶來的各種改變，但仍希望它能儘快絕跡，還人們健康的生活啊！

語文

厲河老師的實戰寫作教室

在這個專欄中，我會批改讀者寄來的短篇故事，希望能讓大家從中學習如何寫作，提高創作故事的能力。不過，寫作風格千變萬化，不同的人可以有不同的寫法。

所以，我的批改也很個人化，可以說是「厲河式」的改法，並不表示一定要這樣寫才正確，大家拿來參考參考就行了。

初夏在哪裏？ ｜ 小作者／譚綽天（11歲）

暑假的某天，我約了初夏到他的家玩，我到了他家的門口，按了門鐘數次，但是沒人回應，我擔心極了，並叫媽媽發訊息給他，再過了數分鐘，還是沒有人回應，最後，雖然我心裏還是感到不安，但我只好回家。

接下來幾天發生的事情越來越不對勁，初夏平時會每天早上都會到公園玩，但他現在沒有；老師約了我們到學校設計壁報板，準備九月開學，可是初夏缺席了；就連老師要我們做的合作暑假功課，他都沒有參與。

我嘗試打聽同學有沒有見過初夏，他們大部分都沒有見過，只是有一位同學看見初夏一家人進去學校附近的醫院。

「真的嗎？」我心想。我決定在醫院門口等候他。

果然，我在醫院門口看到初夏一家人進去醫院，可是他們卻低著頭，看似十分傷心，我趕緊上前大叫：「初夏——」他們好像在想什麼，並沒有聽到，也沒有回應。

約等了一小時，他們終於和一個老伯伯出來了，他們的表情好像比剛才好多了。

初夏告訴我，原來那個老伯伯是他的爺爺，他前幾天患病了，初夏一家人都十分擔心，他們因為忙著照顧爺爺，所以沒時間出席活動，他的媽媽也沒心情回覆信息。

今天，初夏的爺爺康復了，他們也終於可以放下心頭大石，看見他們推著坐在輪椅上的爺爺出院，那個場面真讓人感動。

這個夏天，我終於見到初夏燦爛的笑容了。

①「某」是指示代詞，當你不確定或不想說出具體的時間、地點或人名時，就會用「某」來代替。但這裏有這個需要嗎？改成「一天」更簡單和直接。
②前面是「我約了」，接着又「我到了」，寫法重複，故改之。
③不明白作者為何「叫媽媽」發訊息給他？作者沒有說明與媽媽在一起，應是自己一個人去找初夏，他如何叫媽媽發訊息呢？如果他有手機，為何自己不發訊息呢？故事要講邏輯，否則會令讀者摸不着頭腦。
④前面寫了「還是沒有人回應」，這裏就不要再重複「還是」了。
⑤由於後面舉了幾個「不對勁」的例子，加一個「例如」來連接更好。
⑥「但他現在沒有」寫得有點生硬，故改之。
⑦用「他」來代替初夏更好。
⑧「做的合作」改成「合作做的」更合符語法。
⑨「嘗試打聽」有點偷偷摸摸的感覺，又不是不見得光的事，為何不直接「問」？
⑩「大部分」的言下之意是有「小部分」同學知道情況，但「小部分」與後面的「只有一位同學」又不對應，故改之。
⑪「步進」比「進去」的情景更具體，有「一步一步走進去」的「過程」，但「進去」就像事實的陳述，欠缺「過程」的感覺。
⑫「我心想」之後是「我決定」，太多「我」了，文體給人纍贅的感覺。
⑬改成「去」醫院門口，是與下面⑭的改動有關。
⑭作者「在醫院門口」看到初夏一家，但初夏卻聽不到作者的叫喊，這是不合常理的，因為門口是進入醫院的必經之路呀。所以改成「我去到醫院時」，故意不寫出作者的具體位置，讀者就會想像作者遠遠看到初夏一家，所以叫他們也聽不到了。
⑮改成「步進」的理由與⑪相同。
⑯在這裏，「憂心」比「傷心」更貼切，「傷心」會令人誤會有人死了。
⑰聽不到喊聲，當然不會回應，故「也沒有回應」是畫蛇添足。
⑱「我只好在醫院門外等候」，除了可說出作者的位置外，也可以拖慢一點故事的節奏，製造出「等」的感覺。
⑲爺爺是坐在輪椅上的（作者在後面才寫出來），在這裏必須有具體的描述，否則讀者難以想像初夏一家走出來的情景。
⑳前面寫過「好像在想什麼」，這裏又不要再用「好像」了，故改成「看來」。此外，用「好多了」來形容「表情」有點怪，故改成更準確的「放鬆了」。
㉑畫蛇添足，沒有必要說「原來那個」。因為這是初夏的描述，而非作者自己「恍然大悟」。
㉒這也是初夏的描述，怎會把自己一家人說成「初夏一家人」呢？只有第三者的描述才會這樣說啊。
㉓作者從來沒說過發訊息給初夏的媽媽，在這裏為何這樣寫呢？所以，只能說初夏自己沒有發訊息。
㉔作者在前面用了「訊息」而非「信息」（其實兩者皆可），最好統一寫法。

這是個充滿了感情的短篇故事，起承轉合皆做得很好，令人看得舒服。

起：開首寫找不到好友初夏，帶出了懸疑——初夏一家怎麼了？
承：列舉出幾個不尋常的情況，加深了這個懸疑，令讀者想追看下去。
轉：得悉初夏一家曾進入醫院後，作者去醫院門口守候，卻眼白白看着好友一家步進醫院而沒法了解情況，令讀者與作者一樣乾着急。
合：看到初夏一家推着爺爺出來，終於看到好友的笑容，大團圓結局。

從中可以看出故事結構嚴謹，完全沒有多餘的描述，顯示作者在組織故事方面，有相當不錯的駕御能力。

投稿須知：
※短篇故事題材不限，字數約500字之內。
※必須於投稿中註明以下資料：
小作者的姓名、筆名（如有）及年齡，家長或監護人的姓名、地址及聯絡電話。
※截稿日期：2020年10月23日。

投稿方法：
郵寄至「柴灣祥利街9號祥利工業大廈2樓A室」《兒童的學習》編輯部收；或電郵至editorial@children-learning.net。
信封面或電郵主旨註明「實戰寫作教室」。

上回提要：

年輕船長唐泰斯被誣告入獄，逃獄後化身成為意大利神甫和蘇格蘭場法醫桑代克，設局令三個仇人──裁縫鼠、唐格拉爾和費爾南都一一走上了末路。然而，那個把他打進黑牢的檢察官維勒福已升官發財，成為了黑白兩道皆敬畏三分的皇家總檢察長！當維勒福從「燈塔殺人案」中知悉唐泰斯仍然在生，就決定派出剃刀黨對付。這邊廂，唐泰斯為尋失散多年的妻子美蒂絲，暗中監視費爾南的葬禮。然而，他雖然看到了美蒂絲，但當她身旁的少年向她喚了一聲「媽媽」後，才驚覺愛妻已經再婚。當他驚魂甫定之際，美蒂絲已步出墳場……

「糟糕！在這裏丟失了她的話，可能永遠也找不到她了！」唐泰斯想到這裏，才懂得慌忙追去。當追到墳場出口時，他看到美蒂絲與兩個少年正登上一輛停在路邊的馬車。他急步往前走，但只是走了幾步，一個迎面而來的**老紳士**彷似向他打招呼似的，一隻手搭在**氈帽**上向他點了點頭。

唐泰斯**不以為意**，也草草點頭還禮。可是，就在兩人擦身而過的一剎那，老紳士突然脫下帽子，猛地往唐泰斯的脖子掃去。

那頂帽子的帽檐**銀光一閃**，有如**利刃**般在唐泰斯眼前一掠而過。他慌忙把頭一歪，避過了那道寒光，卻已聽到布匹被割破似的「**嚓**」的一下微響。同一剎那，他感到脖子上傳來一陣刺痛，他知道，自己遇襲了！

唐泰斯急忙後退，但還未站穩，老紳士已一個箭步搶前，揮起帽子左右開弓，再次以帽檐對準他的脖子劃去。在步步進逼下，唐泰斯毫無還架之力，只好不斷左閃右避地後退。

不過，唐泰斯在閃避之餘，已瞥見那帽檐藏着利刃，知道稍一不慎，就會被割得皮開肉裂。

「嗨！」老紳士突然大喝一聲躍向旁邊的電燈柱，並猛地踏在柱上用力一蹬。他借力騰空而起，但倏忽之間，又仿如一隻老鷹般向下俯衝，撲向退至牆邊的唐泰斯。

「糟糕！」唐泰斯的背脊碰到了牆壁，他已無退路，心中閃過一下不祥的念頭——**這次必死無疑了！**

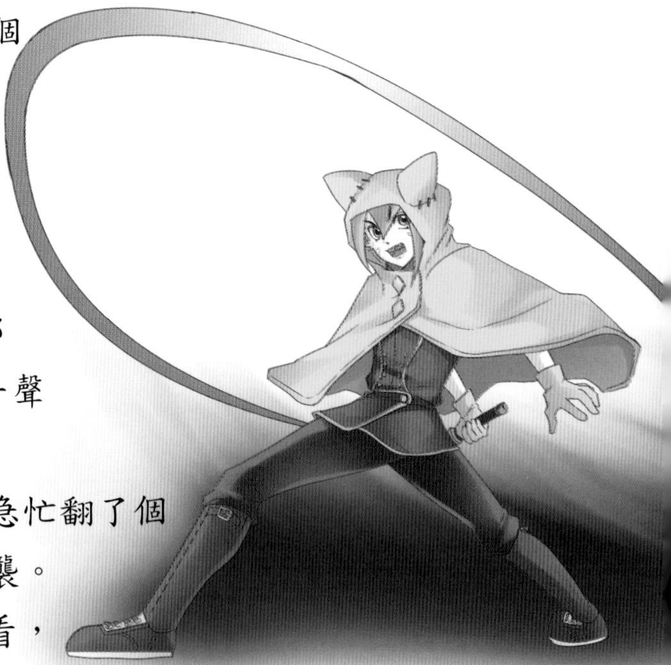

然而，就在同一剎那，一個如銅鈴般的聲音忽然殺至。

「休想傷我大哥！」

叫聲未落，一條長鞭已「啪」的一下，擊落了老紳士手上的帽子。同一瞬間，那長鞭反向一抽，已「呼」的一聲向老紳士打去。

「可惡！」老紳士在空中急忙翻了個筋斗，避開了突如其來的偷襲。

驚魂未定的唐泰斯定睛一看，才見到一個以連身帽藏着臉容的少年乘勝追擊，揮動着鞭子從上而下地劈向尚未站穩的老紳士。

老紳士慌忙往旁一躍，避過攻擊後轉身後退。就在這時，兩個穿着黑色大衣的八呎巨漢忽然從旁殺出，攔住了老紳士的退路。他們的帽子連眼睛也蓋住了，外形甚是嚇人。

「哼！傷了人還想逃！」兩個黑衣巨漢齊聲獅吼。

無路可走的老紳士怒目一瞪，突然往腰間一摸，抽出了繫在褲頭上的軟劍，猛地向兩個黑衣巨漢攔腰斬去。

「嗖」的一下撕裂之聲響起，兩個巨漢竟被攔腰切斷，被斬成了四截！

少年見狀立即揮鞭打去，老紳士往旁一閃，避過了攻擊後企圖趁機突圍。可是，上下身已斷成兩截的巨漢突然又來個**齊聲獅吼**：「**圍！**」

同一剎那，四團黑衣中已竄出四個矮小的黑影，他們從**前後左右**四個方位圍住了老紳士。

「啊！」老紳士這時才知道，原來那兩個黑衣巨漢是由四個矮子以**疊羅漢**組成。他們剛才並非斷成四截，只是分身變回原形而已。

「**撒！**」一個矮子**出其不意**地拋出一張漁網往老紳士頭上蓋去。

「混賬！」老紳士馬上揮劍往漁網亂掃。可是，只聽到「叮叮叮叮」幾下響聲，漁網竟絲毫無損。

「是銅絲網？」老紳士赫然一驚。

「**捕！**」四個矮子已抓住了漁網的四個角落，並用力向下一拉。

老紳士慌忙蹲下，出盡氣力拍向地上的**沙井蓋**，又隨手擲出了一顆煙霧彈。

「**嘭**」的一聲響起，四周頓時**煙霧瀰漫**。當煙霧散去時，地上只餘下被打開了的沙井洞，老紳士已消失得**無影無蹤**。

「**追！**」四個矮子一同往沙井洞衝去。

「**窮寇莫追！**」少年連忙喝止，「那老傢伙看來不是等閒之輩，他在這個沙井附近偷襲大哥，很明顯是早已計算了退路。如果我們再追，很容易掉進他設下的陷阱。」

「**好！**」四個矮子馬上收起漁網。

「大哥，你沒事吧？」少年回過頭來，向唐泰斯問道。

「沒事。」唐泰斯有點詫異地反問，「**小鷹**，你怎會——」

但他話音未落，已覺一陣暈眩襲來，全身的氣力突然消散了似的，雙腿一軟，「**啪嗟**」一聲就倒在地上。

「大哥！你怎麼了！」唐泰斯聽到那少年的呼喊聲，但他眼前一黑，已昏了過去。

過了不知多少時候，唐泰斯感到自己被一隻柔軟的手握得緊緊的，還朦朦朧朧地聽到了一陣低聲的飲泣，不斷在說：「大哥……醒醒……大哥……你醒醒啊……」

唐泰斯想竭力地張開眼睛，但不知怎的，眼皮沉重得怎樣也無法睜開。於是，他只好用盡全身氣力，輕輕地動了一下指頭。

「呀！大哥的手動了！我感覺到他的手在動！」一個驚喜交集的聲音響起。他這時才聽得出，這是小鷹那銅鈴般的聲音。

「是嗎？太好了！」一個沉厚的聲音高興地說。

「幸好他的衣領擋了一下，不然傷口會更大更深，要化解他的毒就更難了。」一個沙啞的聲音說。

「那個殺手也真毒辣，竟在帽檐的剃刀上塗了劇毒！」小鷹的聲音憤怒地說。

「小鷹，在他的眼縫上醮些水，然後翻開他的眼瞼看看吧。」沉厚的聲音說。

「嗯。」小鷹應了一聲。

不一刻，唐泰斯感到眼縫被沾濕了，接着，有人輕輕地把他的眼瞼翻開。

立即闖入眼簾的，是一張少女的臉孔，出手救他的少年，其實就是這個叫小鷹的少女。唐泰斯記得，她喜歡女扮男裝，遺傳了其父海盜王的性格。當然，一個女子要生活在強悍的海盜羣中，除了要表現出男子氣概之外，男性化的裝扮也是免不了的。

「大哥……你看到了我嗎？」小鷹直勾勾地看着他的眼睛，只見她哭得紅腫的兩眼已眶滿了淚水。

「……」唐泰斯感到一陣心痛，但他連回答的氣力也沒有，只好動了一下眼珠子。

「呀！大哥好像看見我了！他的眼珠在動！」小鷹興奮地叫道。

「他懂得回應就好了。」沉厚的聲音

又從床邊傳來，「現在他要多休息，相信幾天之內就能起床了。」

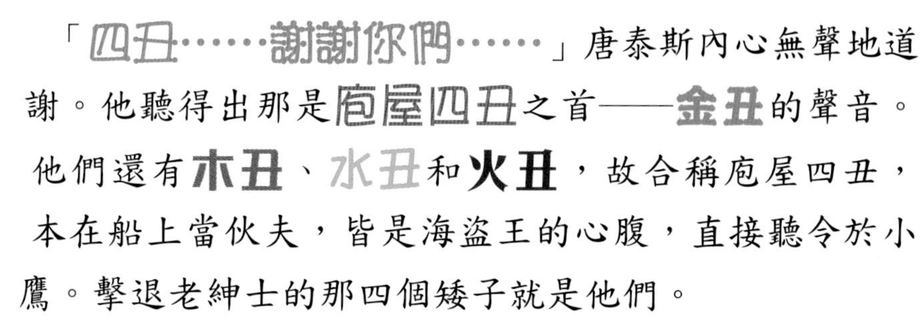

「四丑……謝謝你們……」唐泰斯內心無聲地道謝。他聽得出那是庖屋四丑之首——金丑的聲音。他們還有木丑、水丑和火丑，故合稱庖屋四丑，本在船上當伙夫，皆是海盜王的心腹，直接聽令於小鷹。擊退老紳士的那四個矮子就是他們。

「可是，小鷹他們怎會找到我的呢？又為何離開海盜船呢？」滿腹疑團的唐泰斯想着想着，但一股濃濃的睡意襲來，他又昏睡過去了。

幾天之後，在小鷹的悉心照料下，唐泰斯雖然還未可以下床，但終於可以靠在床背上坐起來了。從小鷹口中，他得悉海盜王月前病故，海盜們為了爭奪船主之位而內鬥，小鷹只好帶着四丑逃走，來到倫敦找他。

「我無親無故，當然是來投靠你啦。」小鷹一邊餵唐泰斯喝粥一邊說，「幸好你跳船離開時曾向我提及仇人的事，我閱報知悉你的仇人費爾南被判死刑，就去他的葬禮碰碰運氣，希望可以找到你。怎知道你卻遇上了殺手，還差點死在殺手的利刃之下。」

「是的，我實在太大意了。」唐泰斯以微弱的聲音應道，「當時，我正在追蹤一個人，分了心。更沒想到，一個老紳士竟然會以帽子作武器來襲擊我。由於事出突然，我完全無還擊之力。」

「後來我派四丑去查過了，在帽檐中暗藏利刃的，應是本地著名黑幫剃刀黨的殺手。可是，甚麼人會派這種高手來暗算你呢？」小鷹問。

「唔……一定是皇家總檢察長維勒福，他是我最後一個仇人。」唐泰斯說，「只有他，才有這種能力，請到那種高手來對付我。」

「這麼說的話，那個維勒福的勢力也很大呢。你要對付他並不容易啊。」

「是的……」唐泰斯沉思片刻才說，「幸好當年維勒福燒掉那封涉及倒皇黨的信時，我已牢牢地記住了收信人名字，只要查出那人的底細，相信就有辦法對付那個可惡的總檢察長了。因為，我坐牢時的乾爹**M先生**說過，維勒福銷毀信件，目的很可能是為了保護信中提及的人。」

「既然這樣，不如在你養傷的這段期間，待我和四丑去幫你調查一下吧。那人叫甚麼名字？」小鷹問。

「**他叫萊文森！**」唐泰斯眼底閃過一下寒光。

當唐泰斯可以下床走路的時候，小鷹與四丑已大約摸清了萊文森的**底細**，並悄悄地搬到一艘漁船上暫避風頭。

一天，小鷹與四丑調查回來後，興奮地向唐泰斯報告：「原來那個萊文森的背景非常顯赫。他不但出身貴族，而且還是個**受勳爵士**，也是著名的**地質學家**。」

「出身貴族嗎？」唐泰斯沉吟，「M先生說過，倒皇黨成員應該與**貴族**和企圖奪權的**官僚**有關。」

「不過……」小鷹一頓，吞了一口口水，「最叫人意外的是，他還是維勒福的——」

「維勒福的甚麼？」唐泰斯緊張地問。

「**維勒福的外父！**」金丑答道。

「對，外父！」另外三丑也齊聲和應。

「甚麼？他是維勒福的外父？」唐泰斯赫然。

「不過，維勒福把你打進黑牢時，只是與萊文森的女兒訂了婚。他們結婚時，是你被送到煉獄島半年後的事。」金丑補充道。

唐泰斯想了想，終於**恍然大悟**：「難怪他要把那封信燒掉，又把我打進黑牢了。如果信件在司法機關中曝光，萊文森就會被**抄家滅族**，維勒福不但結婚不成，也肯定會受到**牽連**，隨時連官位也不保。」

「不過，維勒福婚後在仕途上**一帆風順**，據說與他娶了個貴族千金很有關係。」小鷹說，「要是當年未來外父的倒皇黨身份被揭發的話，相信他的人生也會被改寫。」

「是的。」唐泰斯狠狠地說，「但他為了保住自己的人生，卻毀了我的人生！」

「還有，這個人非常可惡，據說他在數年前抓了剃刀黨的首領後，暗中扶助剃刀黨第二把交椅登上老大的寶座，然後在幕後操控。」金丑說，「所以，他在黑白兩道都相當有勢力，並不容易對付啊。」

「哼，他的勢力雖大，但只要不正面交鋒，總會找到把他扳倒的方法。」

「那麼，我們下一步該怎辦？」小鷹問。

「跟蹤萊文森，調查與他交往的人和他常常出入的地方。」唐泰斯指令，「倘若他仍從事倒皇的活動，就可伺機搜羅證據，利用他來擊倒他的女婿——維勒福！」

幾個星期後，小鷹他們已查出萊文森的妻子早逝，只有一個獨生女，女兒嫁給維勒福後，就與三個家傭住在倫敦市郊一所不太豪華的房子中。除了惟一的侄兒常去探望他外，他平日深居簡出，怎樣看也不像一個與倒皇黨有關的人。

此外，他每逢星期五早上都會坐馬車去倫敦市中心的研究室，然後在那裏獨自度過整個周末。據說研究室裏收藏了很多石頭標本，但那裏絕少人探訪，只有一個年老的女傭會前去做家務，而且也只是逗留一個小時左右就離開。

這一天正好是星期五，為免惹人注目，這次小鷹單獨行動，她女扮男裝，化身成一個維修技工，準備訛稱檢查煤氣管，走進去研究室看看內裏乾坤。可是，當她走到研究室附近的街道時，卻看到換了一身探險服的萊文森，與一個高個子走進了一家名叫艾丁頓的航海用品專門店。那高個子穿着綠色格子夾克、頭戴灰色粗呢軟帽，肩上還揹着一個大提包。

小鷹連忙走到那專門店對面的街角監視。等了15分鐘左右，萊文森與那個**綠衣人**從店裏走了出來。

「唔？那大提包？」小鷹注意到，綠衣人進店時，那大提包感覺是**軟塌塌**的，就像裏面並沒有載着東西。可是，現在走出來時，卻是**沉甸甸**的，看來已塞滿了重物。

小鷹再定睛往那綠衣人的臉上看去，可是那人已轉身，一剎那間只看到他兩頰長了鬍子，並沒有看清楚樣貌。

「會不會是**倒皇黨**的人呢？」小鷹想了想，馬上悄悄地跟在兩人後面。

走着走着，當經過一間鐘錶店時，萊文森抬起頭來看了看掛在門外的大鐘。然後，他又向綠衣人說了些甚麼。綠衣人點點頭，兩人馬上加快了腳步，看樣子要趕去甚麼地方似的。小鷹也瞥了一眼那個大鐘，是**11時46分**。

再走了一會，人流愈來愈多，都是朝不遠處的**火車站**走去。

「啊？難道要去火車站？」小鷹心中暗忖。

果然，兩人很快就混進了人流之中，快步往火車站的方向走去。

小鷹也急步趕去，可是愈接近火車站就愈混雜，轉眼之間，萊文森和綠衣人已在人潮中失去了蹤影。

「**糟糕！**竟跟丟了，這次一定會被大哥怪責了。」小鷹心中懊悔不已。不過，她並沒有放棄，心想萊文森外出的話，最遲在傍晚也該回來。於是，她就到處蹓躂，等到傍晚6點半，又到萊文森的研究室去敲門。但門仍然鎖着，並沒有人來應門。

「不如悄悄地破門進去？」小鷹心想，但她馬上又打消這個念頭。她記得唐泰斯曾**千叮萬囑**，現在只能**探聽虛實**，不可輕舉妄動。

無法可想之下，她只好轉身離開。可是，只走了十來二十碼，卻看到一個**熟悉的身影**在對面街走過。

「啊！那不是今早與萊文森一起的綠衣人嗎？」

小鷹人急智生，馬上越過馬路走到綠衣人的身旁，以打招呼的語氣叫住對方：「這位先生，萊文森先生呢？你知道他甚麼時候回家嗎？」

綠衣人看似吃了一驚，他往小鷹一瞥，冷冷地應道：「萊文森先生？你搞錯了，我不認識這個人。」說完，他就頭也不回地走了。

小鷹以為這樣可以殺對方一個措手不及，令對方在慌張之下露出馬腳，卻沒想到人家一句就把她耍退了。她本想追上去再問，但這麼一來，就可能會引起對方的懷疑，反過來暴露自己的身份。

「算了，今天到此為止，明天再來吧。」小鷹看着綠衣人遠去後，一個轉身，就打道回府了。

接着的星期六日，小鷹數度拜訪萊文森的研究室，但都沒人應門。到了星期一，小鷹按捺不住，直接跑去萊文森市郊的家打聽，一個傻乎乎的女傭告訴她，萊文森自星期五早上離家後，還沒有回來。

「沒去研究室，又沒有回家嗎？究竟去了哪裏呢？」唐泰斯聽完小鷹的報告後，自言自語地問。

這時，庖屋四丑剛好也氣喘吁吁地回來了。

「我們打探到一個奇怪的情報。」金丑急不及待地說，「萊文森的侄兒弗朗西斯好像失蹤了，據說他星期五一早出門，但到了今天仍未回家。他家裏的人好像十分焦急，不知道出了甚麼事。」

「甚麼？那個常去探望他的侄兒也不見了？」小鷹嚇了一跳，連忙把萊文森失蹤的事向四丑再說了一遍。

「兩個關係親密的叔侄同時人間蒸發，很可疑呢。」金丑有點擔心地說。

「對，很可疑呢。」其他三丑也齊聲附和。

唐泰斯沉思片刻，問：「他的侄兒是幹甚麼的？」

「跟萊文森一樣，是個地質學家，在大學中當講師。」金丑答道。

「唔……我有個不祥的預感。」唐泰斯說，「他們兩人的失蹤，可能與我們的行動有關。」

「你的意思是？」小鷹緊張地問。

「萊文森是維勒福的軟肋，我們想到從他入手調查，相信維勒福也會警覺到這個可能性。」唐泰斯臉上浮現出一抹不安，「或許，在我們接近萊文森的同時，他已採取先發制人的行動了。」

「先發制人的行動？即是甚麼？」金丑有點愕然地問。

「對，即是甚麼？」其餘三丑和小鷹也同聲問道。

「現在還很難說，但維勒福為了自保，相信甚麼事也幹得出來。」唐泰斯一頓，眼底閃過一下寒光，「要是他夠心狠手辣，應該會斬草除根！」

「斬草除根？」四丑面面相覷。

「你是說，他連外父也會除去？」小鷹赫然，「那我們該怎辦？」

「不入虎穴，焉得虎子。」唐泰斯毅然地說，「小鷹，我已回復得差不多了。明天我和你一起去他的研究室，看看能否找到甚麼蛛絲馬跡，查出他失蹤的原因吧！」

翌日一早，唐泰斯穿上警察制服，與維修技工打扮的小鷹來到了萊文森的研究室門外。他們先拉了幾下門鈴，但依然沒有人來應門。

唐泰斯正想用萬用鑰匙開門進去時，一個年老的婦人正好向他們走來。

小鷹連忙在唐泰斯耳邊輕聲提醒：「她叫巴特勒太太，就住在附近，是萊文森僱用的家務女傭。」

唐泰斯向小鷹遞了個眼色，不慌不忙地走向巴特勒太太，說：「你是巴特勒太太吧？萊文森先生早前說煤氣管好像有點損壞，叫了人來修理，但這幾天都找不到他呢。」

「是嗎？但修理煤氣也歸警察管嗎？」巴

特勒太太有點懷疑地問。

「不，是歸這位師傅管。」唐泰斯指一指身後的小鷹說，「但他進不了屋，又怕**煤氣泄漏**，就只好報警了。」

「甚麼？煤氣泄漏？」巴特勒太太嚇了一跳，慌忙掏出鑰匙說，「我正要進去打掃，你們快跟我進來。」

「麻煩你啦。」唐泰斯說着，悄悄地往小鷹狡黠地一笑。

兩人隨巴特勒太太進屋後，馬上看到一排排的格子櫃，格子裏放滿了不同形狀的**石頭標本**，和一瓶瓶的**泥土樣本**。

「果然像個地質學家的研究室呢。」唐泰斯心想。

小鷹用肘子輕輕碰了碰唐泰斯，說：「警察先生，我去檢查煤氣管，你們聊。」說完，就走開了。唐泰斯知道，小鷹是叫他纏住老太太，好讓她四處搜查一下。

不過，唐泰斯還未開口，老太太就開腔了：「警察先生，你們這幾天都找不到萊文森先生嗎？可是，我在**星期五傍晚**來打掃時，知道他肯定回來過啊。」

「是嗎？你怎知道？」唐泰斯問。

「直覺呀，我一進屋時，就感受到**有人剛來過的氣息**。而且，他移動過我放好的東西。」老太太說，「我記得星期四來打掃時，把刷地氈的刷子靠壁爐的**右邊**。但在星期五打掃時，卻發現刷子被放到壁爐的**左邊**去了。還有，放在洗手間的**鏡子**也被人動過。星期四我打掃完離開時，曾對着鏡子整理過一下頭髮。我個子矮，把鏡子的**角度**向下扳了一下。可是，星期五打掃時，鏡子又被扳回去了。」

「真的嗎？」

「當然是真的。」老太太恐怕唐泰斯不相信似的，繼續強調，「我還發現刮臉用的**毛刷**被挪動過呢，而且毛刷還有點**濕**。於是，我又去檢查了一下刮臉用的**肥皂**和**海綿**，都是**濕**的。要是萊文森先生沒回來過，那應該是乾的呀。」

「有道理。」唐泰斯誇奬道，「你真的是**觀察入微**呢。」

「你別看我老態龍鍾，我打掃地方絕不馬虎，連馬桶也會擦得發亮。」老太太認真地說。

「我看得出來啊，這裏雖然放滿了石頭和泥土，但地板和桌面都一塵不染呢。」唐泰斯恭維一番後，乘勢問道，「你有沒有見過一個穿綠色格子夾克的人在附近出沒？我正在追捕一個這樣的盜竊犯。」

「甚麼？綠色格子夾克？」老太太赫然一驚。

「怎麼了？」

老太太沒有回答，只是匆匆忙忙走到臥室去打開衣櫥，拿出了一件綠色格子夾克，並向跟進來的唐泰斯說：「你看，這件夾克和你說的好像一樣啊。」

這時，察覺異樣的小鷹也跟了進來，她看到老太太手上的夾克後，不禁瞪大了眼睛。小鷹的這個反應，讓唐泰斯馬上明白是怎麼一回事了。

「巴特勒太太，萊文森先生常穿這件夾克嗎？」唐泰斯試探地問。

「不，我從沒看過他穿綠色的衣服。」老太太想也不想就回答，「而且，我每次來打掃時，都會打開衣櫥清潔一下，星期四那天並沒有這件衣服，但星期五卻看到了。所以印象特別深刻。」

唐泰斯接過夾克，又從衣櫥裏拿了一件外衣比對一下，發現大小差不多，只是夾克的肩寬略為窄了些。

他想了想，向老太太問道：「對了，你數數，看看這裏的衣服有沒有少了？」

老太太慌忙數了一下，說：「怎會少了一件的？我記得星期四打掃時，還有一件灰色斜紋呢上衣掛在這裏呀。」

「唔……太可疑了……」唐泰斯托着腮子，裝模作樣地沉思片刻，然後對老太太說，「看來，有人趁萊文森先生不在時，走了進來盜竊，留下了這件綠色格子夾克，把那件灰色斜紋呢上衣換走了。」

「啊，太可怕了。」老太太有點激動地說，「萊文森先生的衣服都是用高級衣料訂製的，那竊賊一定是換走了貴的，把這件便宜貨留在這裏。那竊賊也實在太不要臉了。」

「這也難怪，這裏只有石頭，賊人只好向衣服打注意了。」小鷹插嘴道。

「對了，這件夾克是證物，我要拿回警察局化驗，沒問題吧？」唐泰斯向巴特勒太太問道。

「這個當然，你快拿回去化驗吧。最緊要的是抓到那個可惡的賊人。」

「啊，對了。小伙子，你已檢查過煤氣管了嗎？」唐泰斯向小鷹遞了個眼色。

「檢查過了，沒問題。」小鷹意會。

「好了，巴特勒太太，我們還要派人來搜證，你不要把此事張揚，免得引起不必要的混亂。」唐泰斯吩咐。

「好的。」老太太用力地點點頭。

說完，唐泰斯就拿着夾克，與小鷹離開了。他踏出大門後，才輕聲對小鷹說：「這件夾克隱藏着重要的線索，說不定，可以憑它找到失蹤了的萊文森！」

（下回預告：夾克上隱藏着甚麼線索？唐泰斯如何找到萊文森？穿綠色格子夾克的神秘人又是何方神聖，他為何要把衣服留在萊文森家中？維勒福與唐泰斯下期正式對決！不容錯過！）

靈活使用多用途白板貼

疫情期間頑皮貓等人要在家進行線上學習及遊戲。

甚麼時候適用？

繪圖或畫圖表

G U R I C E O R Y S T E
O L E G L R C E U Q A P
A C A N D O U R K U I R
N V S O T S R A N M K O
D M S Q H T H C P O E M
W E U U F R A I L Y C I
E N R E U Y S O E U K N
Y T E A R H T D C I M
G R O G G I L Y A N
K S M Y E K Y U M G

塗鴉或玩遊戲

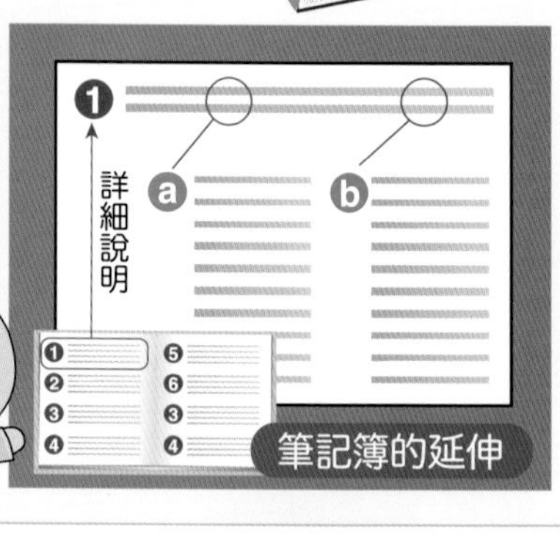

筆記簿的延伸

怎樣使用？

只要拆開包裝，將白板貼展開，撕下保護膠，便可貼在玻璃、油漆牆*、油漆木面、白板、黑板等地方。

垂直貼

可貼於衣櫃、雪櫃等表面。

水平貼

可貼於書桌、工作枱面等。

大小可以隨意裁剪，切合環境、用途和喜好需要。

雲朶形 兒童
星形 的
今日目標 運動30分鐘
鳥形 學
六角形 習
長方形

*至少在油漆翻新的牆粉刷一個月後才進行使用，保證油漆充分乾燥。

採用特殊塗層技術，不僅書寫流暢，也能把字跡擦得乾淨。

3M香港有限公司
香港九龍灣宏泰道23號Manhattan Place 38樓
電話：2806 6111
網址：www.Post-it.com.hk

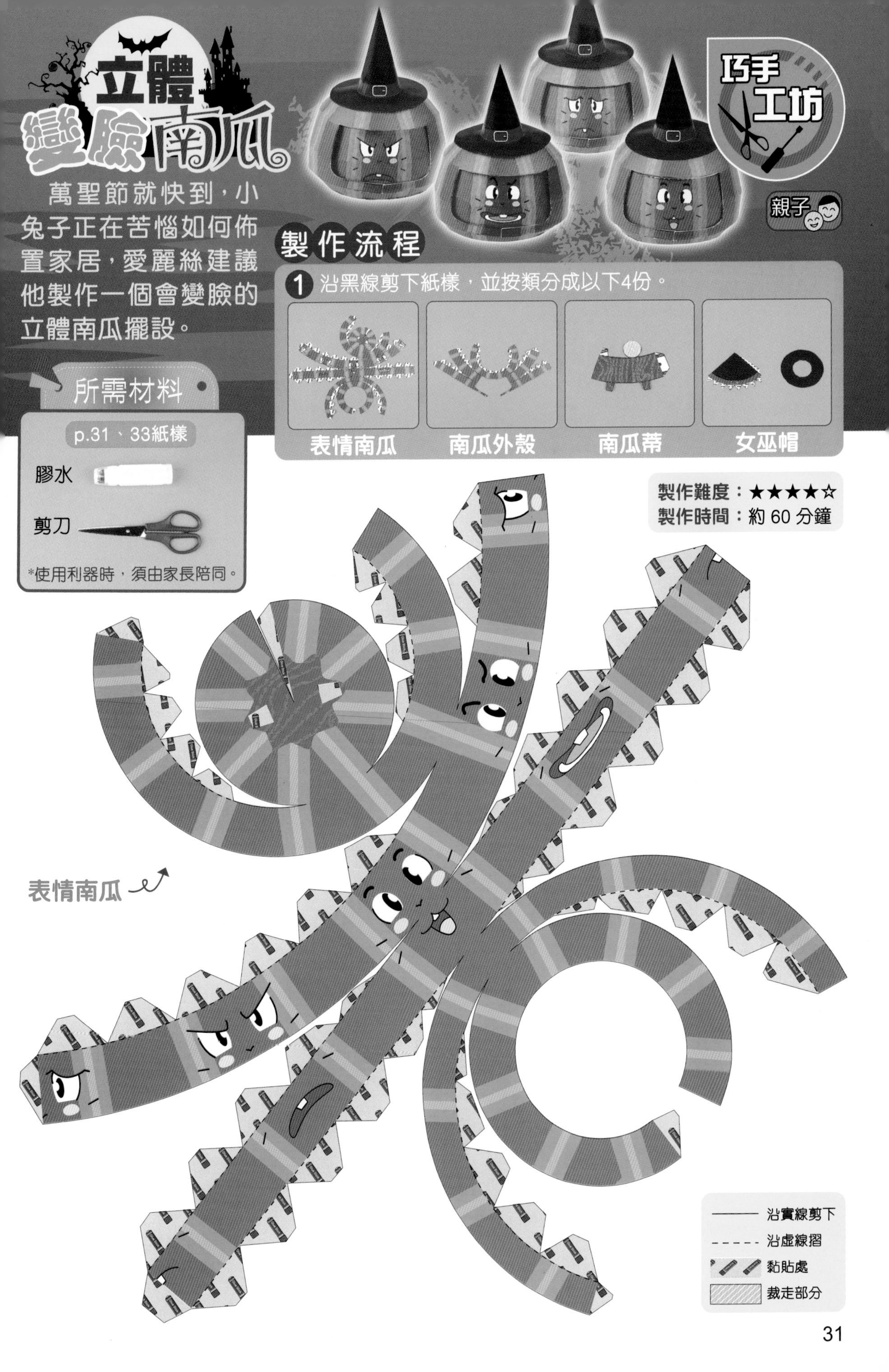

立體
變臉南瓜
巧手工坊
親子
萬聖節就快到，小兔子正在苦惱如何佈置家居，愛麗絲建議他製作一個會變臉的立體南瓜擺設。
所需材料
p.31、33紙樣
膠水
剪刀
*使用利器時，須由家長陪同。
製作流程
1 沿黑線剪下紙樣，並按類分成以下4份。
表情南瓜
南瓜外殼
南瓜蒂
女巫帽
製作難度：★★★★☆
製作時間：約 60 分鐘
表情南瓜
沿實線剪下
沿虛線摺
黏貼處
裁走部分

2 由於圓形較難摺，可以用鉛筆將紙條屈至微彎。

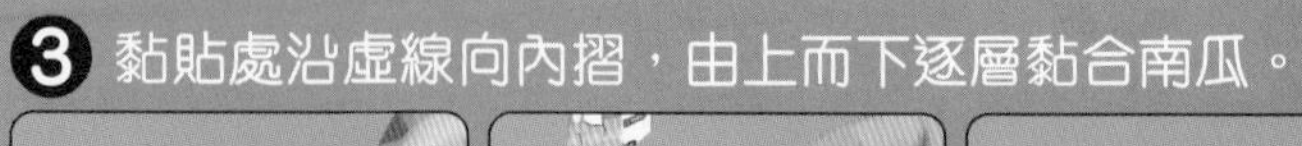

3 黏貼處沿虛線向內摺，由上而下逐層黏合南瓜。

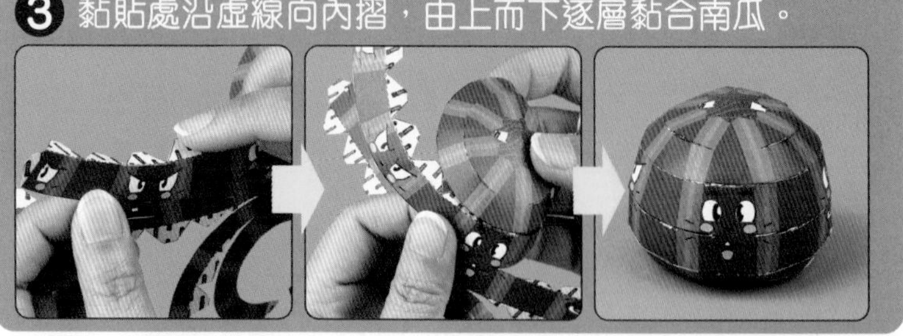

4 將南瓜蒂捲成圓筒形黏好，並將之貼在做法3表情南瓜頂的相應位置。

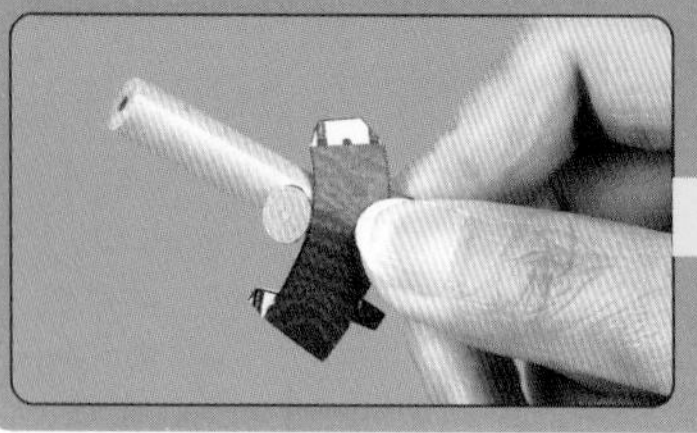

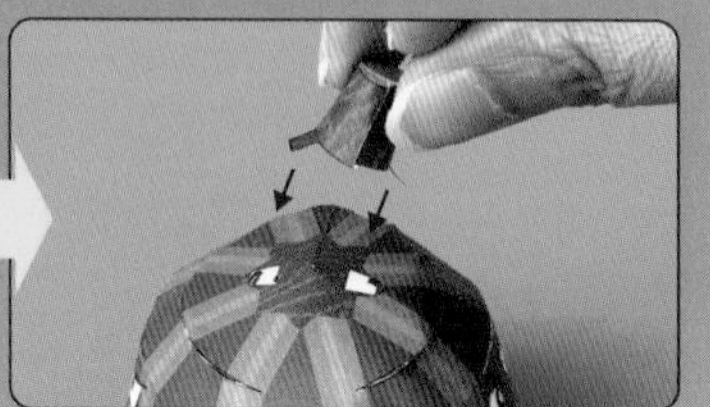

5 南瓜外殼摺法與做法3相同。

6 將女巫帽捲成圓錐形黏好，在三角形黏貼處塗上膠水，然後套入帽檐固定。

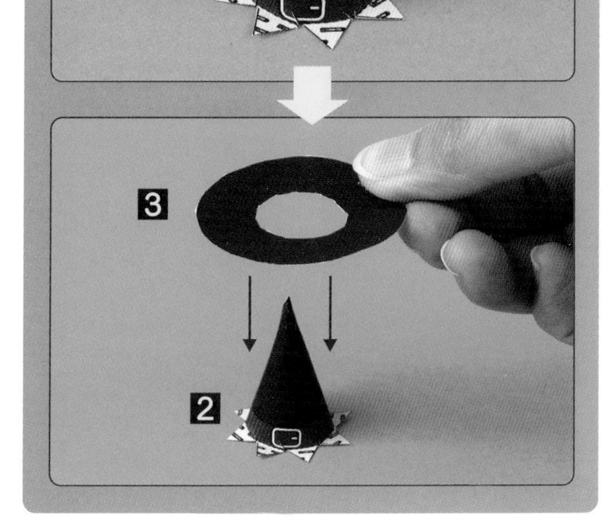

7 將做法6的女巫帽貼在做法5南瓜外殼上。

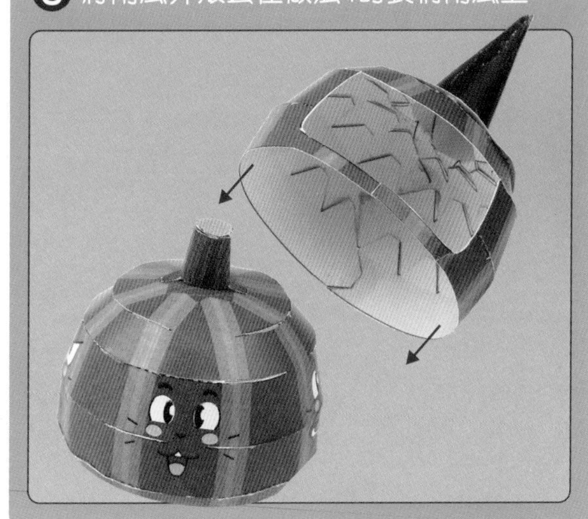

8 將南瓜外殼套在做法4的表情南瓜上。

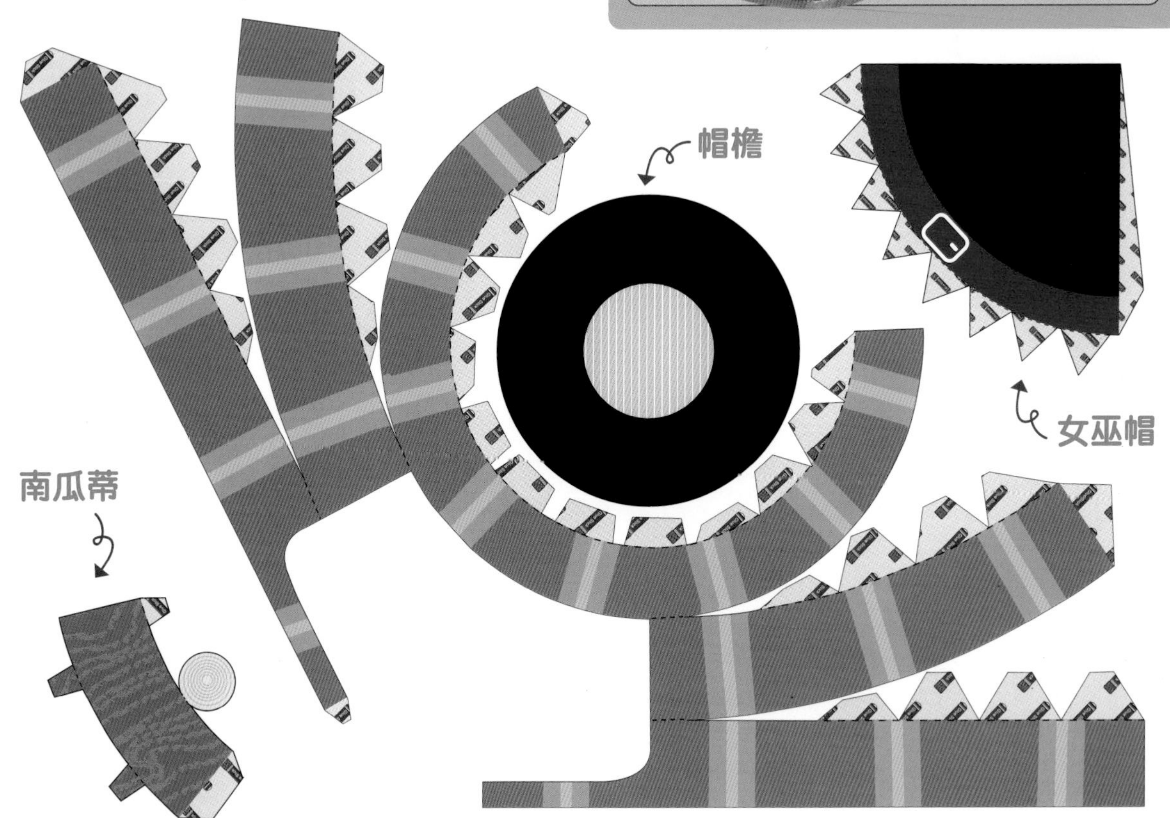

製作小貼士

1. 先剪簡單的南瓜蒂和女巫帽紙樣，再剪表情南瓜和南瓜外殼。由於大部分時間都在剪紙，所以要花多點耐性哦。
2. 利用鉛筆將南瓜蒂捲成圓筒形，女巫帽則捲成圓錐形，方便黏合。
3. 留意紙樣摺位上的實線和虛線。切勿用刀背輕劃紙樣上的實線，否則黏合位置會失去弧度，難以轉動南瓜。

掃描 QR Code 可觀看製作短片。

在家玩耍多樂趣

參加辦法

於問卷上填妥獎品編號、個人資料和讀者意見，並寄回來便有機會得獎。

復課後，抗疫也不能鬆懈，還是多留家中比較安全，與爸爸媽媽共享玩樂時光。

A LEGO Super Mario 71367 Mario's House & Yoshi 擴充版圖 1名

超級瑪利歐的家藏有一個星星能量塊，你能找出來嗎？

*禮物內容不包括冒險主機和瑪利歐人偶。

B 樂高星球大戰系列風暴騎兵手錶 1名

附有可調整長度的組合錶帶，錶帶上還有一個風暴騎兵鑲嵌人偶。

C 紅色史努比積木座枱萬年曆 1名

每天看日曆，就不會忘記重要的日子。

D 迷你兵團兒童背包 1名

揹上12吋Bob造型背包，儼如一個小小迷你兵。

E 角落生物貓貓公仔 1名

她是一隻非常害羞的貓咪，快來抱抱她吧！

F 恐龍大時代阿勞公仔 1名

造型逼真的迷惑龍阿勞，備可活動關節。

G LINE FRIENDS PVC鏡（隨機獲得其中一款） 2名

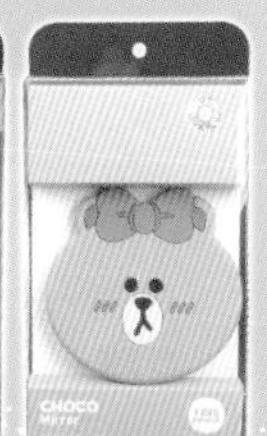

Cony與Choco造型隨身鏡，方便攜帶。

H 大富翁搶錢風暴 1名

抓到最多鈔票及機會卡的人，隨時能扭轉戰局。

I Hot Focus 魅力指甲扮靚套裝 1名

獨角獸圖案指甲貼，一撕即貼。

第54期得獎名單

A LEGO Ninjago黃金機甲 71702	麥睿庭
B SILVERLIT戰鬥機械人兩隻裝	何浚翹
C 角落生物手挽袋	鄔苑晴
D 智能遙控貓	羅子晴
E FAST LANE閃光遙控特技車	彭謙和
F LEGO DOTS首飾寶盒 41915	陳心弦
G 4M 混能陸上機械人	劉弘曦
H Star Wars Rogue One 3.75吋人偶模型系列（隨機獲得其中一款）	麥靖朗 林樂軒
I 紙箱戰機 LBX 組裝模型	羅文禧

截止日期2020年11月14日
公佈日期2020年12月15日（第58期）

- 問卷影印本無效。
- 得獎者將另獲通知領獎事宜。
- 實際禮物款式可能與本頁所示有別。
- 本刊有權要求得獎者親臨編輯部拍攝領獎照片作刊登用途，如拒絕拍攝則作棄權論。
- 匯識教育有限公司員工及其家屬均不能參加，以示公允。
- 如有任何爭議，本刊保留最終決定權。

特別領獎安排 因疫情關係，第54期得獎者無須親臨編輯部領獎，禮物會郵寄到得獎者的聯絡地址。

《大偵探福爾摩斯》M博士外傳中，神秘少女小鷹登場，她還協助受了傷的唐泰斯調查萊文森，以對付維勒福。在看精彩故事之餘，有學會裏面的成語嗎？

〔無影無蹤〕

「嘭」的一聲響起，四周頓時煙霧瀰漫。當煙霧散去時，地上只餘下被打開了的沙井洞，老紳士已消失得**無影無蹤**。

以下成語的第一和第三個字都有「無」字，你懂得用「時／刻、憂／慮、拘／束、聲／色」來完成以下句子嗎？

①近年區內不少舊建築都無☐無☐地消失了。

②爸爸媽媽到了外地公幹，我和弟弟可以無☐無☐地玩幾天。

③每當工作繁重，我總會懷念大學時期無☐無☐的生活。

④雖然爺爺已移居英國多年，但他無☐無☐在都在思念着家鄉。

〔恍然大悟〕

唐泰斯想了想，終於**恍然大悟**：「難怪他要把那封信燒掉，又把我打進黑牢了。如果信件在司法機關中曝光，萊文森就會被抄家滅族，維勒福不但結婚不成，也肯定會受到牽連，隨時連官位也不保。」

以下的字由四個四字成語分拆而成，每個成語都包含了「恍然大悟」的其中一個字，你懂得把它們還原嗎？

恍執心隔 ________

不然如煥 ________

意迷大新 ________

粗一世悟 ________

〔一帆風順〕

很多成語都與「風」字有關，以下五個全部被分成兩組並調亂了位置，你能畫上線把它們連接起來嗎？

風調 •	• 易俗
見風 •	• 春風
移風 •	• 雨順
兩袖 •	• 使舵
桃李 •	• 清風

「不過，維勒福婚後在仕途上**一帆風順**，據説與他娶了個貴族千金很有關係。」小鷹説，「要是當年未來外父的倒皇黨身份被揭發的話，相信他的人生也會被改寫。」

張開船帆順風航行。比喻事情進行得非常順利。

〔人急智生〕

「啊！那不是今早與萊文森一起的綠衣人嗎？」

小鷹**人急智生**，馬上越過馬路走到綠衣人的身旁，以打招呼的語氣叫住對方：「這位先生，萊文森先生呢？你知道他甚麼時候回家嗎？」

遇到緊急情況，突然想出了應對的方法。

不少成語用來形容情況危急，你懂得以下幾個嗎？

急不□□

情急時向着隨便選擇的一條路跑去。

急如□□

如流星的光芒一閃即逝。

火燒□□

火已燒到眉毛。

□□幕上

燕子在布幕上築巢，隨時會翻倒。

答案：

無影無蹤
①無聲無色
②無拘無束
③無憂無慮
④無時無刻

恍然大悟
恍如隔世
煥然一新
粗心大意
執迷不悟

一帆風順
風調雨順
見風使舵
移風易俗
兩袖清風
桃李春風

人急智生
急不擇路
急如星火
火燒眉毛
燕巢幕上

製作難度：★★☆☆☆
製作時間：45分鐘

南瓜紅豆包

只需要幾樣簡單材料便可製作了。

臨近萬聖節，又怎可不吃南瓜應應節呢？這個南瓜包連賣相也像南瓜，形神俱備呢！

掃描QR Code可觀看製作短片。

所需材料

1 南瓜去皮、去籽，切成小塊。

*使用利器時，須由家長陪同。

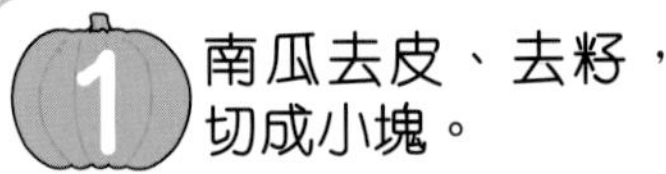

2 將南瓜隔水大火蒸熟（約10分鐘）。

*使用爐具時，須由家長陪同。

3 將蒸熟南瓜多餘水分倒掉，壓成蓉。

4 將糖加進南瓜蓉拌勻。

5 將糯米粉分3次加進做法④南瓜蓉搓成麵糰。

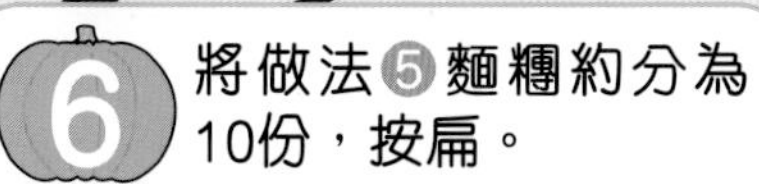

6 將做法⑤麵糰約分為10份，按扁。

7 紅豆蓉分為10份，將之包進做法⑥麵糰內，封口後搓圓，並稍為按壓。

8 用牙籤在做法⑦南瓜包周邊壓紋。

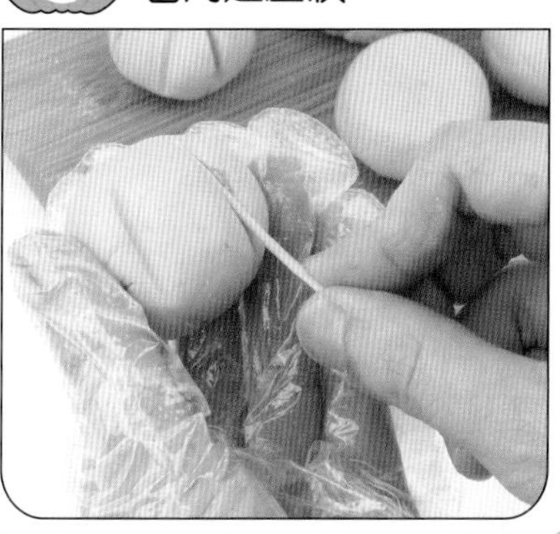

9 在南瓜包頂部放上一顆提子乾作裝飾。

10 將做法⑨隔水大火蒸15分鐘。

紅豆蓉以外也可用芝麻蓉、紫薯蓉、巧克力等代替。紅豆蓉可在日式超市或烘焙店購買。

萬聖節最具代表食物——南瓜

每年十月三十一日萬聖節，糖果當然是小朋友最應節零食，其實南瓜也很具代表性。

相傳愛爾蘭男子傑克因生性吝嗇及戲弄魔鬼，死後不能上天堂也不能下地獄，只可提着盛着炭火的蘿蔔照亮路面遊蕩。其後愛爾蘭人改用蔬菜做燈籠，至十九世紀美國人使用面積較大的南瓜，並雕上眼鼻和口，取名「傑克燈」，成為萬聖節象徵。

撇除這個駭人形象，南瓜甚具營養，含豐富胡蘿蔔素、黃體素、甘露醇等，被列為抗癌蔬果。此外，它對心臟、皮膚、視力、排便等也有良好效果，即使是南瓜籽亦含不飽和脂肪酸和抗氧化劑，可預防腦退化。在眾多煮法中，蒸是最能吸收南瓜的營養。

動動腦筋考智慧

語文題

❶ 英文拼字遊戲

根據下列1~5提示，在本期英文小說《大偵探福爾摩斯》的生字表（Glossary）中尋找適當的詞語，以橫、直或斜的方式圈出來。

A	B	N	R	T	A	S	B	U	M	E	U
T	O	K	E	D	R	G	K	L	I	G	B
U	E	S	T	E	E	M	E	D	N	K	E
C	I	Q	R	I	M	N	A	R	U	L	C
O	M	S	I	L	H	O	U	E	T	T	E
N	U	L	E	S	U	K	T	O	A	D	A
S	K	U	V	T	I	F	E	F	R	Z	I
O	I	O	E	M	L	I	A	L	E	T	O
L	D	E	L	I	B	E	R	A	T	E	N
E	N	M	Y	G	O	Y	L	K	Y	G	L

例（形容詞）受尊敬的

1.（名詞）身影、輪廓
2.（名詞）熱心、積極
3.（動詞）取回
4.（形容詞）故意的、有計劃的
5.（動詞）安慰

❷ 看圖組字遊戲

試依據每題的圖片或文字組合成中文單字。

例

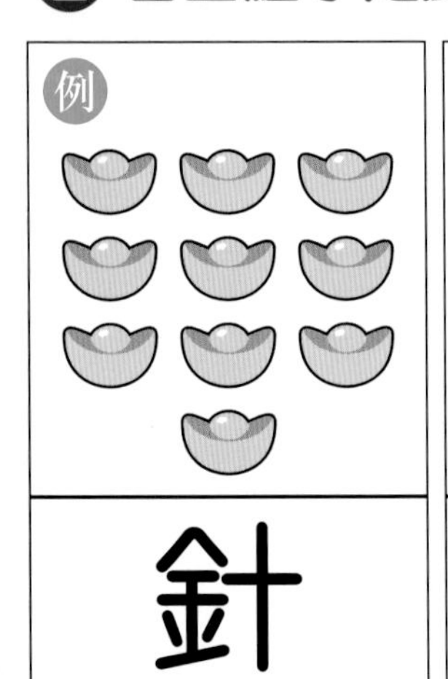

針 ______

a

______

b

______

c

______

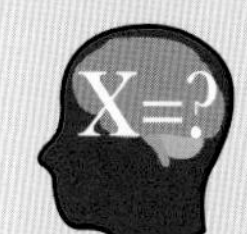

推理題 ❸ 正確的方塊

你能在A～D中，選出正確的方塊來填補空的部分嗎？

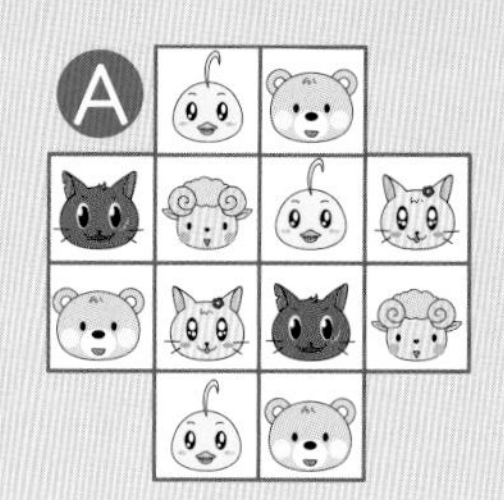

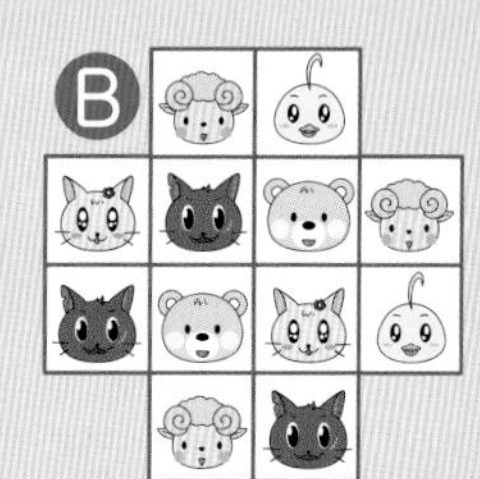

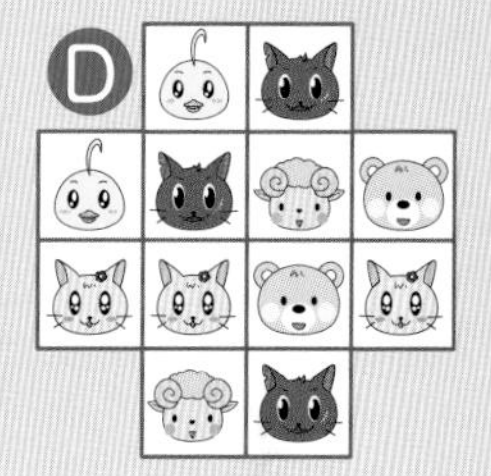

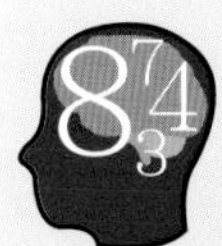

數學題 ❹ 教授蛋造型蛋糕

活潑貓想把蛋糕做成教授蛋的造型，她焗了59件正方形的蛋糕，蛋糕與蛋糕之間要用鮮忌廉黏起，那活潑貓要在多少面蛋糕塗上鮮忌廉呢？

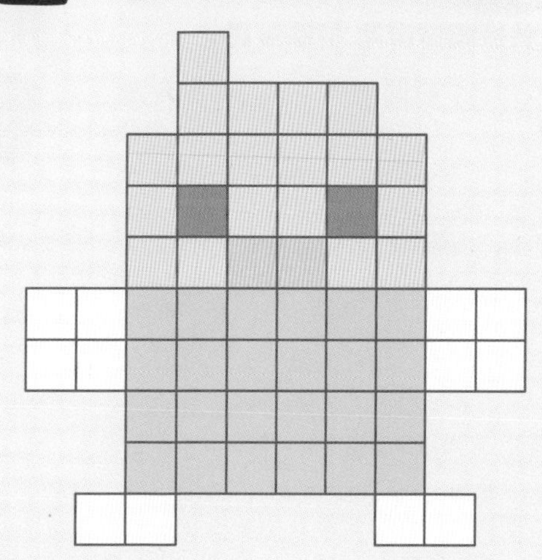

答案

1.

A	B	N	R	T	A	S	B	U	M	E	U
T	O	K	E	D	R	G	K	L	I	G	B
U	E	S	T	E	E	M	E	D	N	K	E
C	I	Q	R	I	M	N	A	R	U	L	C
O	M	S	I	L	H	O	U	E	T	T	E
N	U	L	E	S	U	K	T	O	A	D	A
S	K	U	V	T	I	F	E	F	R	Z	I
O	I	O	E	M	L	I	A	L	E	T	O
L	D	E	L	I	B	E	R	A	T	E	N
E	N	M	Y	G	O	Y	L	K	Y	G	L

2. a.露 b.篤 c.鴨

3. 正確答案是D。只需按黑貓→綿羊→小熊→白貓→小雞的順序，以繞圈方式排列，就能找到答案。

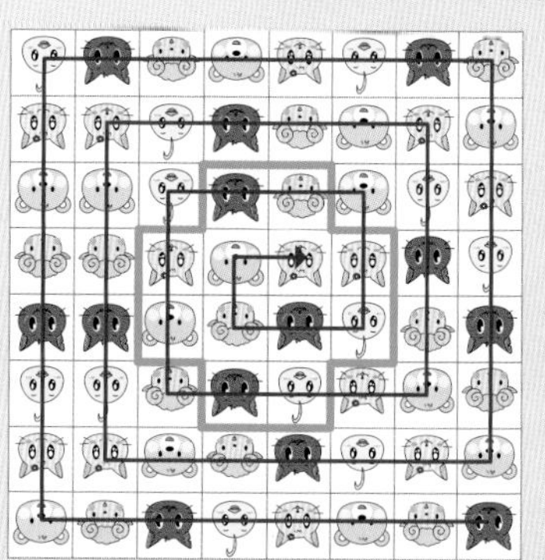

4. 活潑貓要在95面蛋糕塗上鮮忌廉。

The Dying Detective ④

Sherlock Holmes
London's most famous private detective. He is an expert in analytical observation with a wealth of knowledge. He is also skilled in both martial arts and the violin.

Author: Lai Ho

Illustrator: Yu Yuen Wong

Translator: Maria Kan

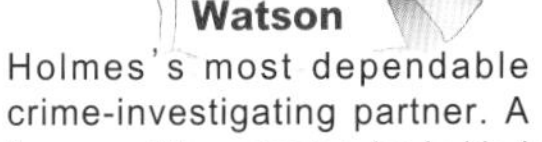

Watson
Holmes's most dependable crime-investigating partner. A former military doctor, he is kind and helpful when help is needed.

Previously : Before he had even uncovered the truth, Holmes had contracted the Black Death himself and his life was now hanging on the line. Watson rushed back to London immediately upon receiving a telegram about Holmes's dire health condition. Following Holmes's instructions, Watson arrived at the medical school before 5 p.m. to seek help from three infectious disease experts, Culverton Smith, Michael Stewart and Richard Bloom...

The Experts on Black Death

Watson arrived at The Medical School of Great Britain right when the professors' internal meeting had just broken off for recess. Without much difficulty or delay, Watson was able to find Culverton Smith, Michael Stewart and Richard Bloom, the three renowned experts on infectious diseases.

"Good afternoon, professors. My name is Watson and I am a friend of Sherlock Holmes's," said Watson in a low voice after pulling the three doctors to a corner in the hallway. "He paid you visits a few days ago regarding a case that concerns the Black Death. Unfortunately, Holmes has now contracted the disease himself. I was wondering if you would allow me to take you to see him."

Glossary infectious disease(s) (名) 傳染病

The distinguished director of the Medical School of Great Britain, Culverton Smith, cast *a sidelong glance* at Watson before uttering in a sour tone, "Are you talking about that private investigator? Why would I waste my time on him?"

"Are you not aware that your friend, this Sherlock Hums or Horns or whatever, was very rude when he came by last time?" growled the chubby Michael Stewart. "He told us he was suspicious of how our names had ended up on a banknote that belonged to a Black Death victim. He claimed that the disease was being used as a weapon to commit murders and that he would be able to find the killer soon. He even tried to **browbeat** us into cooperating with his investigation. He had been nothing but **disrespectful** to us, and now you want us to help him? Are you out of your mind?"

Taken aback by the professors' responses, Watson had no idea that Holmes was suspicious of these three doctors. Watson could not help but wonder, *How come Holmes didn't tell me about this earlier? Why did he make me come here and ask for their help?*

The tall Richard Bloom, who had been quiet all this time, let out a sigh and said, "The Black Death is an **incurable** disease. There is

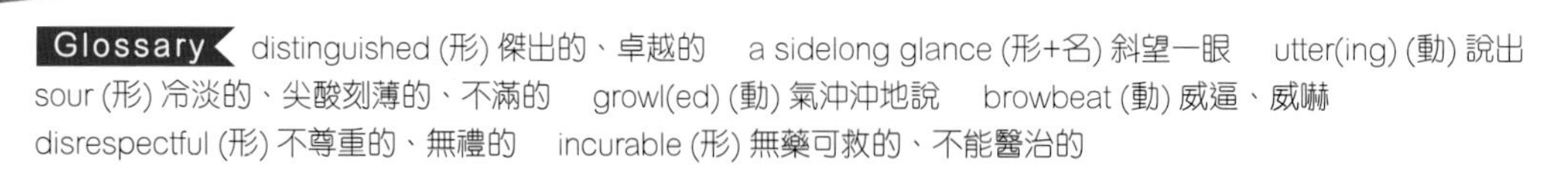

Glossary distinguished (形) 傑出的、卓越的　a sidelong glance (形+名) 斜望一眼　utter(ing) (動) 說出
sour (形) 冷淡的、尖酸刻薄的、不滿的　growl(ed) (動) 氣沖沖地說　browbeat (動) 威逼、威嚇
disrespectful (形) 不尊重的、無禮的　incurable (形) 無藥可救的、不能醫治的

nothing anyone can do for your friend, not even us."

"But you are the topmost experts on this deadly infection. You must have a way to treat it. Holmes has been sick for four days and he is now on the verge of death. Please, I beg of you. If he doesn't receive treatment soon, he might not be able to make it through tonight," implored Watson as he grasped onto the director's shoulder.

The director yanked off Watson's grip right away and said in an ice-cold tone, "He shall be missed."

Michael Stewart then gave Watson a further shove, causing Watson to lose his balance and fall on the ground. "Leave now! Your friend is sick because he's too nosy. It's his own fault. He deserves it!" roared Stewart as he swung around his plump bottom, stomping off after barking those words.

"I'm sorry but we can't help you. We must return to our meeting now," said Richard Bloom after helping Watson back onto his feet. Bloom shook his head sympathetically before stepping away to join his colleagues.

Watson was stunned speechless. He could not believe that not one of the experts was willing to help. Holmes must have said something really offensive when he visited them a few days back, yet it was not like Holmes at all to speak that way. Could there be a special reason behind the rude behaviour? What was Holmes trying to achieve?

Watson pondered for a few minutes but still could not come up with any ideas, so he decided to return to Baker Street. Even though curing Holmes was beyond his ability, the least he could do now was sit beside Holmes during his old partner's last hours. It would be awfully heartbreaking if Holmes were to die alone in that

Glossary on the verge of (習) 即將、接近於、瀕於 implore(d) (動) 懇求、哀求 yank(ed) off (片語動) 猛力扯掉 grip (名) 握 shove (名) 猛力一推 nosy (形) 好管閒事的、愛打聽的 plump (形) 身形豐滿的 stomp(ing) (動) 跺腳走、頓腳 (表示生氣的情緒) sympathetically (副) 同情地、憐憫地 offensive (形) 無禮的、冒犯的、令人不快的 ponder(ed) (動) 沉思 the least someone could (can) do (習) 至少能做到的

gloomy room.

Watson's carriage ride back to Baker Street did not take long. As Watson stepped off the carriage, he caught a **glimpse** of a darting shadow from the corner of his eye. Watson turned his head immediately but the shadow had quickly disappeared behind the street corner.

*Who could that be? The **silhouette** looks familiar, a bit like Gorilla. Had he come to visit Holmes just now?* thought Watson.

But Watson had no time to **mull over** such a trivial matter. He should be spending every minute of his time with his dying friend instead. Just when he was about to open the front door to their flat upstairs, Alice came out from the flat and nodded at Watson with a **solemn** look on her face. She stepped aside to let Watson in then closed the door and went downstairs. Watson could understand her **woes**, but he had no words to console her, because he knew that consoling words at this very moment were not only ineffective but might also bring about even more sadness.

Watson walked into Holmes's room with a heavy heart. He still had not figured out how to break the bad news to Holmes about the doctors' refusal to come to their flat.

"How was your visit to the university? Were you able to find the three experts?" asked Holmes, lying in bed with his eyes open.

"Erm... yes," **faltered** Watson.

"Are they coming over?"

"......" Watson did not know what to say.

"Are they?"

"Well..."

"Have they refused? Don't worry, Watson. At

Glossary glimpse (名) 看一眼 silhouette (名) 身影、輪廓 mull over (動) 思索 trivial (形) 微不足道的、瑣碎的 solemn (形) 莊嚴的、嚴肅的 woe(s) (名) 痛苦、悲傷 console (動) 安慰 falter(ed) (動) 吞吞吐吐地說

least one of them will come by." Holmes's voice might have sounded weak but his words were **staggering** enough to **confound** Watson. Watson could even **detect** a hint of something in Holmes's tone.

But what exactly is that "something"? Wait a minute! Isn't that the usual firmness in Holmes's tone of voice, the same firmness that could bring out the ***zeal*** *in me? How come he is wide-awake all of a sudden? Is this a* ***miracle****? Or is it* ***terminal lucidity*** *that's commonly seen in patients shorty before they die?* A string of questions popped up in Watson's mind.

"Holmes, what is it? Why do you sound so sure?" inquired Watson.

"Because one of them is Savage's killer! Now that he knows I'm dying, he will want to come here to **retrieve** the evidence of his murder."

"What?" Watson was utterly taken aback. "Killer? Evidence? What are you talking about?"

Just at that moment, the sounds of a carriage **coming to a halt** could be heard from outside the window. Following those noises was Alice's greeting at the main door downstairs, "Are you here for Mr. Holmes? He is sick in bed."

Watson **propped up** his ear for a better listen. He could hear Alice speak in a loud and clear voice, "Dr. Watson? He has not returned yet. Mr. Holmes's bedroom is upstairs. The door is not locked. You can go inside and see him yourself."

Watson thought it was too strange, *Alice definitely saw me at the door when I came home. Why did she lie just now about my return?*

Glossary staggering (形) 驚人的、令人震驚的　confound (動) 困惑、混淆　detect (動) 察覺　zeal (名) 熱心、積極　miracle (名) 奇蹟　terminal lucidity (名) 迴光返照　retrieve (動) 取回　coming(come) to a halt (片語) 停下來　prop(ped) up (片語動) 豎起

"Watson, hide under the bed, quick! And don't make a noise," urged Holmes. "Whoever that's coming in is about to reveal the truth!"

Watson had no idea what was going on, but he knew that his old partner must have a reason behind his instructions. Watson **crawled** under the bed at once, holding his breath in wait for the murderer to show.

"Oh..." Holmes began to moan in pain again as footsteps climbing up the stairs were coming nearer.

The front door **creaked** open and in came a man whose hesitant footsteps suggested that he was looking for a specific room in an unfamiliar house. A moment later, the slow footsteps became louder and louder. Perhaps the visitor had located Holmes's bedroom at last.

Seemingly cautious, the sounds of the footsteps came to a halt in front of the bedroom door. Perhaps the visitor needed to peek into the room. After a few seconds, probably after confirming that no one else was inside the room, the visitor took one **unwavering** step after another and stopped right beside Holmes's bed.

Glossary crawl(ed) (動) 爬行　creak(ed) (動) 吱吱作響（開門時發出的聲音）
unwavering (形) 不猶豫的、堅定的

The Visitor

Hiding under the bed, Watson could only see the visitor's shoes but not the face. *Who is this man? Is he the prominent medical school director, Culverton Smith? Or the professor with the mocking words, Michael Stewart? Or the tall professor who showed a slight bit of sympathy earlier, Richard Bloom?* wondered Watson as he held his breath nervously underneath the bed. With his belly on the floor, Watson propped up his ear while lying in wait for the visitor to speak, hoping to identify the visitor from his voice.

However, there was nothing but total silence. The visitor did not make a noise after he had approached the bedside. His shoes had not moved an inch either. *What is he doing? Is he going to pull out a sharp knife and stab the dying Holmes to death? No, that seems unlikely…* thought Watson as he shook the absurd idea out of his head. *Maybe he is hovering over the bed to scrutinise Holmes's face on the verge of death?*

"Oh…" Holmes's painful moans disturbed the stagnant silence.

"Mr. Holmes. I've come to see you. Can you hear me?" said the visitor with his voice pressed down low.

This voice…? Who does this voice belong to? The speaker had pressed down his voice so much that Watson was having a difficult time identifying the visitor.

Glossary prominent (形) 鼎鼎大名的、著名的 mocking (形) 嘲笑的 absurd (形) 荒謬的、可笑的 scrutinise (動) 細看、仔細觀察 stagnant (形) 死寂的

"You... who are you? Watson? Where is Watson?" muttered Holmes.

"Your friend hasn't returned yet. He is running around town looking for help. In fact, he just came by the medical school and paid a visit to my two colleagues and me. Too bad my colleagues aren't eager to help you. I'm the only one who is willing to see you. I had to come up with an excuse to slip out of the meeting for this home visit," said the visitor.

Watson figured that the visitor had decided to slip out of the meeting instead of waiting until the meeting was over meant that the visitor needed to come here as soon as possible. Perhaps the visitor was worried that his two colleagues might change their minds about treating Holmes after the meeting had ended, which would then be impossible for the visitor to speak with Holmes alone. Holmes must have known this all along. In order to draw the snake out from its burrow, this one-on-one meeting with the visitor was a deliberate arrangement. But what could be the intention behind?

"Thank you... I didn't think you would be willing to come save me..." As Holmes's voice broke off Watson's train of thought, Watson realised that Holmes must have identified the visitor already. So who

Glossary eager (形) 熱切的 burrow (名) 洞穴 deliberate (形) 故意的、有計劃的

could this visitor be? Watson was feeling so restless that large beads of sweat began to form on his forehead. He wished he could just slide out from under the bed and see for himself!

"I've forgiven you and decided to come here to see you. I'm returning your rudeness with kindness," said the visitor.

Eh? This sarcastic tone... Could he be Michael Stewart? That plump professor has a habit of speaking in this manner, thought Watson.

All of a sudden, an eerie creak sounded from above Watson's head. Perhaps Holmes had just shifted his fragile body on the bed.

"It's very magnanimous of you... You have a kind heart," said Holmes with a voice as thin as vapour. "I know that...only a distinguished expert like you could help me."

"You are right. The Black Death has been the main subject of my research for many years. My accomplishments have even exceeded my two esteemed colleagues. I dare say that I'm the only man in England who truly understands the Black Death," said the visitor, gradually elevating the volume of his voice as he became more excited from merely talking about his own scholastic achievements.

Holmes coughed a few times

Glossary bead(s) (名) (汗)珠 sarcastic (形) 諷刺的、挖苦的 fragile (形) 嬌弱的、脆弱的
magnanimous (形) 寬宏大量的 accomplishment(s) (名) 成就 esteemed (形) 受尊敬的 scholastic (形) 學術的

then asked, "I'm sorry... Would you mind pouring me...a glass of water please?"

"Certainly. Your voice sounds coarse. A bit of water should make it better. Otherwise, you wouldn't be able to answer my questions."

From under the bed, Watson could see the visitor's shoes move away from the bedside before hearing sounds of water being poured into a glass. After a short moment, the visitor's shoes returned to Watson's field of vision again.

A few seconds later, Watson could hear Holmes's gulping sounds from above his head.

"Be careful. You're spilling water on yourself," said the visitor. "Do you know where have you contracted the disease?"

"Victor Savage... I must've contracted it from Victor Savage. He was the only Black Death victim that I had encountered."

"Are you sure? Was there anyone else besides Savage?" The visitor sounded as though he was trying to remind Holmes. "Think back for a minute. Have you come across anything unusual these past couple of days? Maybe there is something else that you could've caught the disease from? I must pinpoint the infection source in order to solve the problem."

"Oh... The pain... I feel awful... Can you please help me ease the pain?"

"Yes, but you must first think back and tell me if anything out of the ordinary had happened before you became ill." The visitor brushed aside Holmes's request and kept on questioning.

"Nothing..." uttered Holmes. "Should there be something? I can't think of anything or anyone else besides Savage."

Glossary coarse (形) 沙啞的 pinpoint (動) 確定、準確找到 brush(ed) aside (片語動) 冷落、漠視

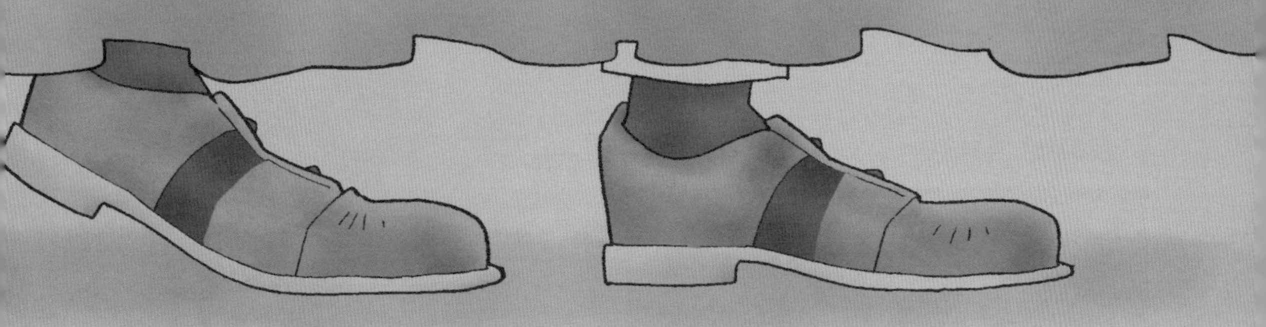

"You must try to remember. I can't help you otherwise." A hint of **intimidation** could be heard in the visitor's voice.

"I...really can't recall anything."

"Let me try to help you out." The visitor pressed on, "For example, have you received any packages recently?"

"Packages?"

"Maybe a box of some sort."

"Oh...I can't see anything! I'm dying!"

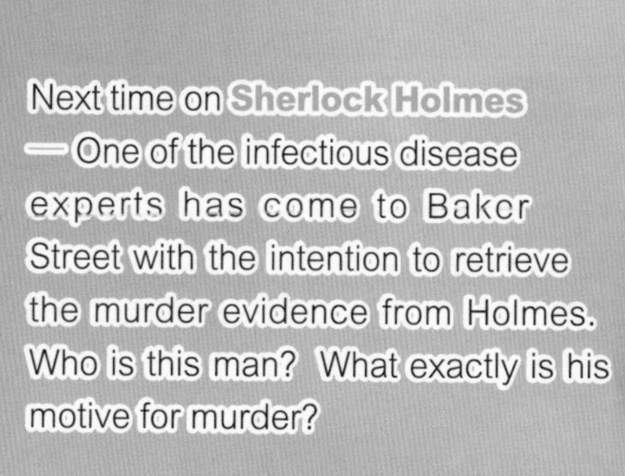

Glossary intimidation (名) 脅迫、恐嚇

疫情雖然稍為放緩，大家在新學期復課也不要鬆懈啊，跟很久沒見的同學們仍要保持適當社交距離，還有觸摸公用物件後要立即洗手啊。

《兒童的學習》編輯部

不知道是哪一期《兒童的學習》令你有好成績呢？無論怎樣，希望你繼續努力爭取好成績，也請繼續支持兒學啊！

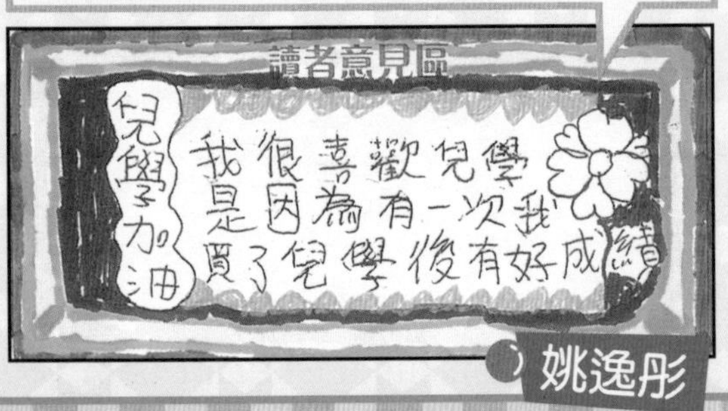

姚逸彤

讀者意見區

訂閱兒學的新贈品
偵探眼鏡
是甚麼？有甚麼用？

訂

黎浠桐

這是最新的兒學訂閱贈品，訂閱一年隨即附送。偵探眼鏡有特別塗層，可透過鏡片看到後方的景物，別人以為你望着前方，其實你在監視後方。

教授蛋答問區

Q1 為甚麼睡覺時會發夢？

其實睡眠時大腦並非完全沉睡，而夢就是大腦在睡眠時講述的故事，是在非自願情況下產生的圖像、聲音、記憶和感覺，一般發生在快速動眼睡眠時期（REM），那是睡眠後期的淺睡狀態，醒來後時間愈久便會愈忘記夢境內容。

提問者：梁正昕

Q2 煮「香蒜肉碎意粉」要下多少鹽？

將意粉放進沸水中煮時要下一茶匙鹽，為意粉調味；之後炒配料及意粉時，就按個人喜好酌量加鹽，建議逐少加，然後試味。如果以示範的配料和意粉分量為例，大概下五分一茶匙已足夠。

提問者：彭筠頤

如果大家有任何疑問，也可寫在問卷上寄回來，讓教授蛋解答。

A Nice Hot Dip in the Spring

ARTIST: KEUNG CHI KIT **CONCEPT: RIGHTMAN CREATIVE TEAM**

我是山。 我是火山。 我是雪山。 本故事就發生在這座山峰上。

冬眠中 森巴老公~我們很久沒有一起去旅行!!我很開心！ 嘎~~

喂！我們三個一起去旅行，為何只有我一個搬行李？ 噢，差點忘記你也來了，小剛！

這次旅行是因為我贏了幸運抽獎……但看看你們怎樣對我……

咦！郵箱裏有一封信！

恭喜！ 你是本次抽獎的99位幸運兒之一!!

獎品~ 三人豪華溫泉之旅連食宿

哇！我中獎了！

森巴!!一起去溫泉旅行!!

噢 耶

啊……還有一個名額……邀請誰呢??

我應該邀請蚯蚓和蝸牛跟我一起去……

我就不用搬這麼多行李……

喂！剛剛!!我們到了，加快腳步!!動作快點!!

你豈敢這樣跟我說話？

熱熱燙 歡迎

很宏偉的旅館…… 耶!!浸溫泉!!

噗— 吼~歡迎…… 光臨熱熱燙溫泉!!!

我是老闆史坦狼。
你一定是中獎的幸運兒!!

哇?! 你為甚麼從井裏
走出來!?太恐怖了!!

放手!!

狼　人

你在做甚麼……

嗷~ 嗚~

別失禮！
快穿上褲子!!

客人們，現在帶
你們到旅館……

我的職員會幫你們搬行李!!

呼……

我以為那個孩子
發現我的秘密……

似乎他們還未發現……　已經掉入我的陷阱!!

我等不及晚餐時間……　餵他們吃醃料，再加少少迷暈湯……

Then let them soak in the hot spring and let the dizzy soup come into effect...

After a while, they will slowly fall asleep, and they won't realise that they are actually in a huge pot of boiling water instead of a hot spring...

然後將他們浸在溫泉裏，等迷暈湯發揮效力……　不久他們就會慢慢睡着，也不會知道自己正身處在一大鍋滾水裏，而不是溫泉……

嘿嘿嘿，今晚就可以大吃一頓！

史坦老闆，為何盯着那個井在笑！過來吧！　啊!!

是……是！我來了!!

進入房間後，所有人都卸下行李，

然後在花園玩了一會兒，

再去洗澡……

好吧!!我想你們都餓了！

嘩~~~~~~~~~~~~~~

我已經為大家準備了豐富晚餐!!

為何牛肉那麼薄!?
這道前菜夠吃嗎？　啊~

這是我們的特色料理。
要和大量配料一起吃!!

辣椒　蒜　豉油

看!!　豆豉　蔥　糖　鹽

牛肉可以加蒜、鹽和
豉油一起吃……

不會太鹹嗎!?

看！那孩子知道
怎樣欣賞美食!!

呃~~

我 很 渴　我 要 水　在太鹹與挨餓之間選擇，我寧願挨餓……

你口渴嗎？

喝碗特製的麵豉湯解渴吧!!　我 要 飲

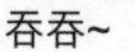

吞吞~　不用急！隨時添飲!!　這湯真美味!!　好味好味！　嘿嘿，計劃進展順利！你們就快成為我的晚餐，哈哈！　吞吞~~

老闆!!他們每人在入睡前喝了
十幾碗迷暈湯。現在怎麼辦？

睡着了!?那麼快???

快！把他們扔進溫泉!!

遵命!!

等……等我，這個太重了……

溫泉

嘎~終於……將他們
扔進溫泉了……

好的，
下一步……

呼……　呼……　呼……

番茄溫泉

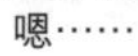
嗯……

不夠熱……

你們兩個，去加大火力!!

是，老闆!!

嘿嘿嘿!!

很快就能享用
美味火鍋!!

我 又 吃

他 們 睡 着 了

你這麼快醒來!?

他不是喝了十幾碗
迷暈湯嗎!?

火 鍋

啊

不好了，他發現
有問題!!

浸溫泉可以促進血液循環和紓緩壓力， 最適合忙碌的都市人，不如你再浸一浸。

對了，他們一定是浸得太舒服，睡着了!!

不要叫醒他們!!

哦~~~

A hot spring can stimulate the blood circulation as well as relieve stress,

this is the most suitable bath for busy city people, so I suggest you go back in and enjoy some more!!

The one who has no stress and never busy either.

他是一個沒有壓力，也不忙碌的人。

於是森巴接受了史坦狼的建議，又去浸溫泉……

一秒……

兩秒……

好 熱

我 浸 完 了

喂~ 不要上來!!
好吧，我和你一起玩好嗎？

吥~~~~ 吥~~~~ 吥~~~~ 蒸氣噴泉!! 哈~~~~

游泳水怪!! 吼~~~~ 哈~~~~ 漂浮水母 可惡！我就像一個小丑！煮滾了湯，我就吃掉你!!

啊!!湯就快煮滾!! 煮滾了湯，我就吃掉你!! 等一下!! 哈~~

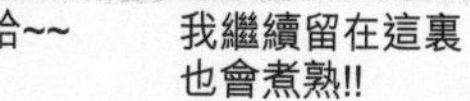

我最好現在就出去……

和　我　玩　吧

抱歉……我不能浸太久
……你繼續浸吧！

你很快就會
煮熟……！

嗯？他在做甚麼？

他的臉變紅了。
很快就會煮熟!!!

哧~~~

他怎會放那麼大的屁!!

他一定是吃得太多！

哈~~~　舒　服　了

Eh!? How come there isn't any smell?

It actually smells good!!

咦！怎麼聞不到臭味？

聞起來真香!!

噢，好香的香料味!!一定是他們剛才吃的醃料融入了湯的味道！

哈~~~

喂!!不要喝光我的湯!!

甚麼聲音？　很香……

咦？為何我會在溫泉裏？

嘩!!誰幫我換泳衣!?

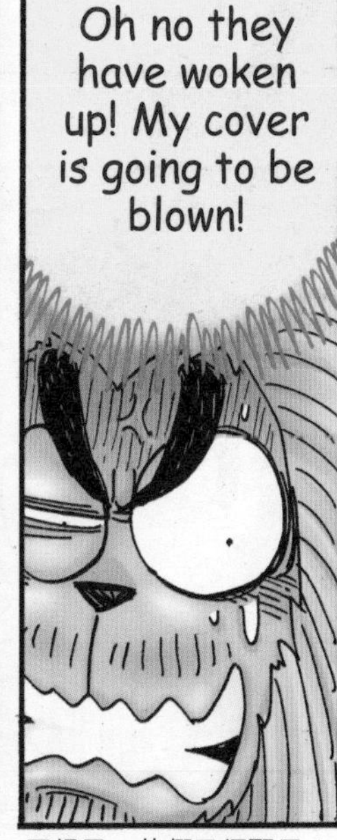

不好了，他們已經醒了！我的身份快要暴露！

啊~~水很熱，很舒服!!
噢!?
也很香!!

老闆！這也是服務的一部分嗎？真貼心！
哈哈……謝謝誇獎……
啊!!

浸溫泉不但可以放鬆身心，還可以吃大餐！吃吧！
嚼 嚼 好 味

太好了！反正我們吃不飽！
請給我兩包烏冬！
好……
我要魚蛋、豬肉丸和龍蝦丸！

一起吃!!!

你……你們……

你們喝光了我的湯!! 嗄……很飽…… 不好了！我至少要節食七天…… 哈~ 番茄溫泉

看來要用絕招！ 哦！原來這個溫泉是一鍋熱湯……哈哈，真有趣!!

嘿!! 哇，有一隻大蟑螂！森巴老公!!

砰—

So sorry, Boss Stanley...

Never mind, I was planning to buy a new one anyway ...

森巴!!
停止破壞!!

否則我們
要賠償！

哈~

抱歉，史坦老闆……

沒關係，反正我打算
買一個新的……

第二天……

昨晚玩得很開心。下星期我們會
帶更多朋友來的！再見!!

歡迎隨時
再光臨!!

拜拜!!

我要儘快關掉
這間旅館!!

完……

兒童的學習 NO.56

請貼上
$2.0郵票

香港柴灣祥利街9號
祥利工業大廈2樓A室
兒童的學習編輯部收

2020-10-15 ▼請沿虛線向內摺。

請在空格內「✔」出你的選擇。

問卷

有關今期內容

Q1：你喜歡今期主題「疫情下的未來」嗎？

01☐非常喜歡 02☐喜歡 03☐一般 04☐不喜歡 05☐非常不喜歡

Q2：你喜歡小說《大偵探福爾摩斯——M博士外傳》嗎？

06☐非常喜歡 07☐喜歡 08☐一般 09☐不喜歡 10☐非常不喜歡

Q3：你覺得SHERLOCK HOLMES的內容艱深嗎？

11☐很艱深 12☐頗深 13☐一般 14☐簡單 15☐非常簡單

Q4：你有跟着下列專欄做作品嗎？

16☐巧手工坊 17☐簡易小廚神 18☐沒有製作

請沿實線剪下

請沿實線剪下

讀者意見區

快樂大獎賞：

我選擇 (A-I)

只要填妥問卷寄回來，
就可以參加抽獎了！

感謝您寶貴的意見。

請在此部分塗上膠水。

請在此部分塗上膠水。

讀者資料

姓名：	男 女	年齡：	班級：
就讀學校：			
聯絡地址：			
電郵：		聯絡電話：	

你是否同意，本公司將你上述個人資料，只限用作傳送《兒童的學習》及本公司其他書刊資料給你？（請刪去不適用者）

同意/不同意　簽署：＿＿＿＿＿＿＿＿＿＿＿＿　日期：＿＿＿＿年＿＿＿月＿＿＿日

讀者意見收集站

A 學習專輯：疫情下的未來
B 實戰寫作教室：
厲河老師的實戰寫作教室
C 大偵探福爾摩斯——
M博士外傳⑬惡魔檢察長
D 巧手工坊：立體變臉南瓜
E 快樂大獎賞
F 成語小遊戲
G 簡易小廚神：南瓜紅豆包
H 知識小遊戲
I SHERLOCK HOLMES：
The Dying Detective ④
J 讀者信箱
K SAMBA FAMILY：
A Nice Hot Dip in the Spring

*請以英文代號回答**Q5**至**Q7**

Q5. 你最喜愛的專欄：
第 1 位 19＿＿＿＿＿＿　第 2 位 20＿＿＿＿＿＿　第 3 位 21＿＿＿＿＿＿

Q6. 你最不感興趣的專欄： 22＿＿＿＿＿＿ 原因：23＿＿＿＿＿＿＿＿＿＿

Q7. 你最看不明白的專欄： 24＿＿＿＿＿＿ 不明白之處：25＿＿＿＿＿＿＿＿

Q8. 你覺得今期的內容豐富嗎？
26☐很豐富　27☐豐富　28☐一般　29☐不豐富

Q9. 你從何處獲得今期《兒童的學習》？
30☐訂閱　31☐書店　32☐報攤　33☐OK便利店
34☐7-Eleven　35☐親友贈閱　36☐其他：＿＿＿＿＿＿＿＿

Q10. 開學後，你最不習慣的是甚麼？（可選多項）
37☐很久沒有上學　38☐功課增加　39☐不理解課文內容
40☐考試測驗繁多　41☐作息時間改變　42☐與同學相處
43☐與家人相處時間減少　44☐其他：＿＿＿＿＿＿＿＿＿＿

Q11. 你還會購買下一期的《兒童的學習》嗎？
45☐會　46☐不會，原因：＿＿＿＿＿＿＿＿＿＿＿＿